Diese eine Lüge

Dante Medema schreibt Bücher für junge Leser. Sie lebt in Anchorage, Alaska, mit ihrem Ehemann, vier Töchtern und einem Raum voller außerirdischer Fanartikeln - und natürlich Büchern. Wenn sie nicht schreibt, versucht sie sich im Backen, Dekorieren, Nähen und Malen. Außerdem interessiert sie sich für Enneagramm-Persönlichkeitstypen.

Bettina Obrecht wurde 1964 in Lörrach geboren und studierte Englisch und Spanisch. Sie arbeitet als Autorin, Übersetzerin und Rundfunkredakteurin und wurde für ihre Kurzprosa und Lyrik bereits mehrfach ausgezeichnet. Seit 1994 schreibt sie Kinder- und Jugendbücher und hat sich in die »Garde wichtiger Kinderbuchautorinnen hineingeschrieben« (ESELSOHR).

Mehr über unsere Bücher, Autoren und Illustratoren auf:
www.thienemann.de

diese eine lüge

DANTE MEDEMA

Aus dem Amerikanischen
von Bettina Obrecht

THIENEMANN

Für Bug. Mein erstes Baby. Meine Schwester, für alle Zeit.

Meine Eltern schufen alles nach dem Bildnis
der perfekten Familie in Alaska.

Das Eigenheim mit Ausblick,
eine Hütte auf Kenai,
2,5 Kinder,
zusammenpassende wasserdichte Stiefel,
ein im Sicherheitstest mit fünf Sternen bewerteter Volvo
mit Allradantrieb.

Das halbe Kind bin wohl ich.

| *Sana-Freundin <3*

SANA: Weißt du, was ich glaube?

ICH: Dass es eigentlich viel zu spät ist, um Nachrichten zu schreiben?
Vielleicht sollte ich andere Leute schlafen lassen?
Vielleicht sollte ich selbst lieber schlafen?

SANA: Du bist doch nicht andere Leute.
Du bist meine Cordelia.

ICH: Was gibt es denn?

SANA: Sie ist immer so mies drauf, wenn sie müde ist.
Was willst du denn machen, wenn du erst an deiner schicken Columbia-Universität studierst und dir die Nächte bei irgendwelchen Verbindungspartys um die Ohren schlägst, nur um nicht aus dem Raster zu fallen?

ICH: Kann ja sein, dass ich mir die Nächte um die Ohren schlage, aber zu Verbindungspartys gehe ich bestimmt nicht.

SANA: Du Spaßbremse. Hast du schon das Konzept für dein Abschlussprojekt eingereicht?

ICH: Nein, ich habe gedacht, ich warte lieber bis zum allerletzten Moment.

SANA: …

ICH: Nur ein Witz. Ich habe es schon am ersten Tag abgegeben, gleich zu Beginn der Frist.

SANA: Na also. Genau aus diesem Grund haben sie dich an der Columbia-Universität schon vorab zugelassen.
Hast du daran gedacht, mich als Partnerin zu beantragen? Tut mir leid, dass ich dich noch mal damit belästige, aber ich bin nervös. Ich brauche unbedingt eine gute Partnerin.
Du weißt doch, dass ich nichts auf die Reihe kriege, wenn es um Schriftliches geht.

ICH: Klar hab ich dran gedacht. Aber du kriegst das schon hin, selbst wenn wir einander nicht zugeteilt werden.

SANA: Du hast gut reden. Du hast ja auch keine Probleme mit der Schule. Selbst wenn ich einen Platz im College kriegen sollte, brauche ich unbedingt eine gute Note für mein Abschlussprojekt, damit ich meinen Notendurchschnitt halten kann.

ICH: O Mann, hör auf damit.

SANA: Du musst dich ja gar nicht erst bewerben, also kannst du deine ganze Energie darauf verwenden, mir zu helfen, wenn ich ein paar Stunden Fußballtraining aufnehme. Und schneide. Und dann alles ins Internet stelle. Und vielleicht kannst ja du den kompletten schriftlichen Teil für mich erledigen? Okay, danke!

ICH: Hey, ich muss mir mit meinem Projekt auch Mühe geben. Wie jeder andere.
Ich habe das Gentest-Set schon bestellt.
In den nächsten Tagen fange ich damit an, meine Herkunft zu erforschen und darüber Gedichte zu schreiben.
Und dann kommt endlich ans Licht, dass ich adoptiert bin.

SANA: Jetzt geht das wieder los.

ICH: Was?

SANA: Du immer mit deinem ewigen ›ich bin adoptiert‹ und ›ich bin anders als die anderen‹. Schon kapiert. Du hast das Gefühl, dass du anders bist, aber adoptiert bist du verdammt noch mal nicht.
Du hast so ein Superleben, echt.
Mach das doch nicht ständig schlecht.
Ich würde unseren Trailer jederzeit gegen eure Villa mit Aussicht eintauschen.

ICH: Zum letzten Mal: Es ist keine Villa.
Ich finde euren Trailer super. Er ist gemütlich und keiner platzt einfach in dein Zimmer, ohne anzuklopfen.

SANA: Das liegt daran, dass ich gar kein Zimmer habe.
Mann, Delia! Super hingekriegt, wenn du willst, dass ich mich dafür schäme, wie ich lebe!

ICH: …
Tut mir leid. Du weißt doch, dass ich es nicht so gemeint habe.

SANA: …

ICH: Sana.

SANA: Ich weiß.
Aber es klingt immer so, als müsste sich ein Hund im Tierheim anhören, wie sich ein Familienhund über sein abgesichertes Leben auf dem Sofa beschwert.
Danke, auch deine Hilfe bei meiner Collegebewerbung ist willkommen.
Es dauert ja nicht mehr lange, dann bist du an der Uni und dein Leben startet so richtig durch.
Während ich hier in Tundra Cove festklebe.
Ich und mein Fußball.

Auf dem Schild an der Einfahrt zur Stadt steht:
Tundra Cove
Bevölkerung: 5356.
Falls wir uns noch fremd sind – bald kennen wir Sie!

Sana sagt immer, hier ist nichts los,
immer nur dieselben Partys,
mit denselben Leuten,
die dir unbedingt beweisen müssen,
dass du sie nicht kennst,
nicht so gut, wie du glaubst.

Ich habe ja immer gedacht,
ich könnte hier alt werden,
umgeben von der Schönheit der kleinen Dinge:
Die Stadt liegt so nah an der Bucht,
dass man manchmal Belugawale springen sieht,
oder beobachten kann, wie Blau und Rosa
in einem perfekten Sonnenuntergang aus Zuckerwatte
verschmelzen.
Aber die Stadt liegt auch auf einem Berg
mit endlosen Fußwegen, auf denen
man verloren gehen kann,
und riesigen Bäumen,
die sich aus dem Nirgendwo erheben,
so hoch, man vergisst ganz,
dass die Blätter ihrer Kronen
nicht Teil des Himmels sind.

Aber Sana war schon immer
zu groß für diese Stadt.

Sie muss immer allen klarmachen,
dass sie ihr wahres Ich gar nicht sehen können.
Muss widerlegen, was sie denken.
Ich sage nie, dass ich anders bin.
Denn wozu die Mühe?
Sie würden mir ja doch niemals glauben.

Von: Vidya Nadeer <nadeer.vidya@tchs.edu>
An: Cordelia Koenig <koenig.cordelia@tchs.edu>
Betreff: Re: Exposé für Abschlussprojekt

Cordelia,

es freut mich sehr, dass Du mir endlich Deinen Projektvorschlag geschickt hast! Deine Idee finde ich großartig: Ein DNA-Gentest-Set dazu zu benutzen, Deine Wurzeln zu erforschen und herauszufinden, in welchem Maße Deine Vorfahren Deine Persönlichkeit beeinflusst haben – und das alles in Gedichtform umzusetzen. Ich habe schon als Kind in Tundra Cove gelebt, aber meine Familie stammt ja aus Kaschmir, und da herrschen ganz andere Traditionen und Sitten.

Mir gefällt die Idee, wirklich, aber es ist natürlich nicht zu übersehen, dass Du Dir genau dasselbe Thema ausgesucht hast wie Deine ältere Schwester, Beatrice (abgesehen von dem Aspekt mit der Gedichtform). Ich habe damals auch ihr Projekt betreut. Bestimmt überzeugst Du mich mit Deinem Projekt genauso wie sie, aber ich möchte sichergehen, dass Du Dir Mühe gibst, etwas Eigenes daraus zu machen. Schüler, die schon vorab im College angenommen sind, können sich manchmal ganz locker durch ihr Abschlussjahr mogeln, aber ich möchte, dass Du alles herausholst, was möglich ist. Diese Note ist für Deinen Durchschnitt immer noch wichtig. Bitte erkläre mir, inwiefern sich Dein Projekt von dem Deiner Schwester Beatrice unterscheiden soll.

Ich habe Dir Kodiak Jones als Partner zugeteilt. Ich stimme dem zu, was Du in Deiner Mail geschrieben hast. Ihr zwei werdet gut zusammenarbeiten, und außerdem hoffe ich, dass ich euch beide überreden kann, mich in vier Wochen zu begleiten, wenn ich zum Northwest-Pacific-Regionaltreffen junger Dichter fahre. Ich habe ja im Unterricht schon mal erwähnt, dass ich dort einen Vortrag halte und einige talentierte Schüler mitnehmen möchte. Bitte denkt darüber nach, ob ihr euch anschließt.

Das wär's erst mal von mir.
Vidya Nadeer

Ich kann Sana niemals die Wahrheit sagen:
dass ich, noch bevor sie mich bat,
sie als Partnerin zu beantragen,
schon Kodiak Jones beantragt hatte.

Weil er letztes Jahr, als er
beim Slam-Poetry-Wettbewerb las,
zersprang, frei wie die Seeadler,
die nahe der Bucht leben.

Seine Arme spreizen sich zu Flügeln aus,
es ist zu sehen,
wie sein Brustkorb bebt.
Wer in der Schule wagt ein Urteil?

Als Kodiak Jones seine Worte beinah sang,
als könne er sie anders gar nicht äußern,
im weichen Rhythmus,
bis hinein ins Crescendo,
spürte ich sie in meiner Seele.

Denn er ist nicht der alberne Junge
von damals, als wir uns noch
Geistergeschichten erzählten.
Der Junge, den ich immer so bewunderte.

Er ist jener Junge, der Seiten
in seinem Notizbuch zusammentackert,
als fürchte er sich davor,
zu lesen, was dazwischen steckt.

Dessen braune Augen davonflitzen,
wenn ich es wage, zu lange hinzusehen.
Der Junge, der seine Gedichte so singt,
wie ich sie nur träumen kann.

Das Abendessen folgt immer demselben Muster.

Meine kleine Schwester Iris spricht in Hashtags,
schließlich ist sie zwölf und findet das lustig.
Sie zeichnet Anführungszeichen in die Luft.
#langweilig
#müde
#ichwillnichtmehrzurschulegehen
#kannesnichtsommerseinichwillnachdraußen

Dad spricht wie Shakespeare,
schließlich ist er Professor und findet das lustig.
Sein Tag war ruhig.
Er hat Arbeiten aus dem Literaturkurs korrigiert.
Dieses Jahr hat er ein paar vielversprechende Studenten.

Mom verdreht über beide die Augen,
schließlich ist sie Immobilienmaklerin
und findet nichts davon lustig.
Sie hat ein neues Objekt,
das sie so schnell wie möglich
verkaufen will.
Vielleicht lächelt sie dann und klebt nicht mehr
mit grimmiger Miene am Telefon.

Ich räuspere mich und alle starren mich an.
Weil ich mich in Metaphern verliere, die sie nicht verstehen.
Meine Geschichten leben in Tagträumen,
sind in Verse gefasst.
Ich behalte sie immer, immer für mich.
Sie eignen sich nicht für lockere Tischgespräche.

Jeden. Abend. Gleich.

»Mein Tag ist gut gelaufen«, sage ich.
»Wir haben unsere Projektpartner zugeteilt bekommen.«
Sie warten,
und ich sehe, dass Mama in sich zusammensinkt,
als ich sage:
»Kodiak Jones.«

Moms Miene verzieht sich, als sei etwas sauer.
Doch ich weiß, es liegt nicht am Wein.
Sie ist mit Kodiaks Mom befreundet.
Zwei Immobilienmaklerinnen.
Dieselbe Kirchengemeinde.
Dasselbe Softballteam.
Sie tauschen Geheimnisse aus wie Kochrezepte.

Dad ist das mit Kodiak egal.
»Was für ein Projekt hast du gewählt?
Lyrik, das ist großartig – kann ich dir helfen?«
Aber er unterrichtet Shakespeare, nicht Lyrik.
»Das ist ein weiser Vater, der sein eigenes Kind kennt.
William war ein Dichter!«
Er witzelt.
Er zitiert.
Immer witzelt und zitiert er.

»Sei vorsichtig«,
sagt Mama.
»Dieser Junge ist ein Problem.«

Wer ist der Junge, den du da siehst?
Kodiak ist kein Problem.
Er hat Probleme.

Bevor er »ein Problem« war,
war er »Kodiak«.

Und er war der Junge, dem ich in Tundra Cove
jedes Jahr den ganzen Sommer lang
hinterherradelte,
mit aufgeschürften Knien und
scheußlichen Bräunungsstreifen,
wo Shorts und Schenkel aufeinandertrafen.

Der, dessen Familie mit uns zur Messe fuhr –
eine zweistündige Fahrt, jedes Jahr.
Und unsere Eltern gingen herum,
während wir an Maiskolben knabberten
und Karussell fuhren, bis uns übel wurde.

Er war der Junge, der mich pfeifen lehrte.
Und als seine Lippen ein kleines O formten,
spürte ich zum ersten Mal,
wie mein Herz aussetzte.
Er war derjenige,
dem ich mein erstes Gedicht zeigte,
und das war in Ordnung,
denn auch er zeigte mir seine Gedichte.
Kodiak war mein bester Freund,
noch bevor ich überhaupt wusste,
wer Sana war.

Und eines Tages
auf dem Heimweg von der Schule,
als wir unter den riesigen Fichten

Steine über den Pfad kickten,
erzählte ich ihm
von meiner ersten Liebe.

Dass mein Magen so seltsam rumorte,
wenn er in der Nähe war.
Und dass ich in meinem Kopf
lange Gespräche mit ihm führte,
mich fragte, ob ich es jemals wagen würde,
vor ihm laut auszusprechen,
was ich im Herzen fühlte.

Kodiak lächelte nicht
und witzelte nicht.
Und ich sagte ihm nie,
dass ich von ihm geredet hatte.

Es geschah ganz allmählich.
Zuerst ging er nicht mehr mit mir nach Hause,
denn er blieb lieber in den Wäldern
hinter der Schule.
Dort fing er an zu rauchen.
Und eines Tages, als ich zurückging,
dorthin, wo Bäume die knorrigen Wurzeln
vor dem Schnee schützten,
standen sie alle um eine Grube,
mit leeren Dosen und Müll überall.

Ich fragte warum.
Er sagte:
»Manchmal macht man Dinge,
die man nicht versteht,
damit die Dinge, die man tut,
einen Sinn bekommen.«
Aber er sah nicht mich an.

Sie sah er an.
Liv.
Die Neue mit dem wilden Lächeln,
den lila Haaren.
Und als er erst Liv gehörte,
gehörte er sonst niemandem mehr.
Wie er sie ansah.
Ich hatte mir immer gewünscht,
er würde mich so ansehen.
Wie er sie küsste.
So hatte ich es mir immer gewünscht.

Als seine Mutter an unserem Küchentisch weinte,
weil sie die beiden in seinem Zimmer ertappt hatte,
sagte sie, sie wisse nicht,
was sie noch mit ihm tun solle.
Sie fand Zigaretten und Wodka und
wenigstens-haben-sie-aufgepasst-Kondome.
Er schwänzte die Schule.
Er kam nicht nach Hause.
Und wenn ich ihm zuwinkte,
irgendwo im Schulhaus,
sah er mich nicht an
wie ein Junge, den ich einmal kannte.

Ich dachte, wir hätten ihn für immer verloren.
Aber dann passierte das alles letztes Jahr
und er veränderte sich noch einmal.

Als ich ihn dann sah,
irgendwo im Schulhaus,
lächelte er wieder.
Als hätte er den Sinn gefunden in dem,
was er zuvor nicht verstand.

| *Sana-Freundin <3*

SANA: Deeeeeeelia.
Deeeeeeelia!
CORDELIA ANN KOENIG BEANTWORTE SOFORT MEINE NACHRICHT!

ICH: Du weißt genau, dass mein zweiter Vorname nicht Ann lautet, oder?

SANA: Blödsinn.

ICH: Was benötigst du, oh meine Freundin, die du mich nicht mein Abendessen genießen lässt, ohne mein Telefon zu sprengen?

SANA: Ich habe gerade eine E-Mail von meinem neuen Betreuer gekriegt. Sie haben mich zu Mr Kim rübergeschoben. Purer Rassismus. Ich wette, ich bin ihm nur deswegen zugeteilt, weil er asiatischer Herkunft ist und ich halb asiatischer Herkunft.

ICH: Also, Ms Nadeer ist indischer Herkunft und ich bin durch und durch weiß, also kannst du diese Theorie knicken.

SANA: Ich hatte doch Ms Nadeer! Das kapiere ich nicht. Urplötzlich schieben sie mich zu Mr Kim und teilen mir Madison Lee als Partnerin zu. Verstehst du, worauf ich hinauswill?

ICH: Du meinst, das hat überhaupt nichts damit zu tun, dass du und Maddy sozusagen die ganze Fußballmannschaft managt, dass ihr beide euer Abschlussprojekt über Fußball macht und Mr Kim zufällig eurer Trainer ist?

SANA: Außerdem haben sie uns beide für das Projekt nicht zusammen eingeteilt, und das ist total dämlich. Praktisch bei allen anderen, die einen Partner beantragt haben, hat es geklappt.

ICH: Ich weiß! Ich habe meinen Brief auch eben gekriegt. Ich hatte in der Mittelstufe mit Maddy Englisch Leistungskurs. Sie kann dir beim schriftlichen Teil auf jeden Fall helfen.

SANA: Du hilfst mir aber trotzdem, ein paar Stunden Fußballtraining aufzunehmen?

ICH: Hast du schon eine Schülerin aufgetrieben?

SANA: Ja! So ein Mädchen drei Trailer weiter möchte gern, dass ich es ihr beibringe. Ihre Mutter hat gesagt, sie bezahlt mich in Zigaretten, das wäre also cool.

ICH: Das ist doch perfekt! Da kannst du ja gleich damit anfangen, dir Vorräte fürs Gefängnis anzulegen. Da sind Zigaretten die gängige Währung.

SANA: Mit wem haben sie dich zusammengesteckt?

ICH: Ich traue mich gar nicht, dir das zu sagen.

SANA: Sag nichts. Hauptsache, es ist nicht Emma. Wenn es Emma Daniels ist, fange ich an zu schreien.

ICH: ...

SANA: Das darf doch nicht wahr sein. Es ist Emma Daniels. Kannst du sie bitte fragen, ob sie lesbisch ist?
Oder bi?
Ach bitte, sie soll doch wenigstens ein bisschen bi sein.

ICH: Warum nutzt du nicht dein Talent als Internet-Schnüfflerin, um das herauszufinden?
Spoiler-Alarm:
Es ist nicht Emma.

SANA: Das habe ich doch längst versucht. Kannst du sie trotzdem fragen?

ICH: Maaaaaaaann! Ich frage sie doch nicht, ob sie lesbisch ist.

SANA: Oder bi.
Waaaas? Ich bin ja auch erst seit der Neunten in sie verknallt.

ICH: Damals, als du noch so getan hast, als würdest du dich für Jungs interessieren.

SANA: Ja. Emma hätte immerhin verhindern können, dass ich Liam das Herz breche.

ICH: Armer Liam.

SANA: Er möge in Frieden ruhen.

ICH: Er ist doch nicht tot!

SANA: Für mich schon. Auf mein Coming-out hat er gar nicht gut reagiert.

ICH: Na ja, man muss ihm zugutehalten, dass du ihm ungefähr ein Jahr lang vorgemacht hast, du würdest dich für Jungs interessieren.

SANA: Ach.
Also jetzt im Ernst.
Mit wem arbeitest du zusammen?

ICH: Kodiak Jones.

SANA: Das ist ja der Hammer. Kodiak?
Ich fasse es nicht, dass er überhaupt jemandem zugeteilt worden ist, nach dem, was letztes Jahr passiert ist.
Hm.
Der passt zu dir wie die Faust aufs Auge, oder?
Die perfekte kleine Dichterin, die niemals aus der Rolle fällt, und ...?
Wie würdest du denn diese Katastrophe letztes Jahr beschreiben?

ICH: Na ja, das ergibt eigentlich schon einen Sinn. Immerhin schreibt er auch Gedichte.

SANA: Schon, aber wie konnte das passieren?

ICH: Keine Ahnung.

SANA: Der braucht doch überhaupt keine Hilfe – wahrscheinlich zieht er sein Projekt gar nicht durch.
Ich habe gehört, er hat so viel Unterricht verpasst, dass er das nächste Jahr sowieso wiederholt. Also kannst du immer noch mir dabei helfen, mit meinem Projekt durchzufallen.
Wenn du nächstes Jahr im College bist, kann ich ja im letzten Videoverleih der Welt arbeiten und all die Zigaretten aufbrauchen, die mir meine Nachbarin versprochen hat.

ICH: Du wirst aufs College gehen.
Ich habe deine Bewerbungen gesehen.
Die sind hieb- und stichfest. Mach dir keine Sorgen.

SANA: Die Frauen der Familie Sasaki sind nicht gerade für ihre College-Karrieren berühmt.

ICH: …

SANA: Na gut, ich habe niemanden aus der Familie meines Vaters kennengelernt.
Keine Ahnung, wofür die Frauen der Sasakis bekannt waren.
Aber nach der Seite meiner Mutter zu urteilen, ist es wahrscheinlicher, dass ich in sechs Monaten schwanger bin.

ICH: Ziemlich schwierig, schwanger zu werden, wenn man sich nur mit Mädchen abgeben will.

SANA: Punkt für dich.

Von: Cordelia Koenig <koenig.cordelia@tchs.edu>
An: Vidya Nadeer <nadeer.vidya@tchs.edu>
Betreff: Re: Re: Exposé für Abschlussprojekt

Liebe Ms Nadeer,

vielen Dank für Ihre Tipps.
Sie erinnern sich vielleicht noch daran, dass mich Ihr Lyrikseminar für Fortgeschrittene im letzten Halbjahr unendlich inspiriert hat. Und damals habe ich mir etwas vorgenommen: Bis ich diesen Herbst im Columbia College anfange, soll Lyrik so viel Platz in meinem Leben einnehmen wie nur möglich. Ich habe vor, in meiner Abschlussarbeit weitestgehend mit Lyrik zu arbeiten, wenn ich langsam erforsche, wie meine Herkunft mich persönlich geprägt hat. Ich weiß, dass die Erkenntnisse über unsere Vorfahren das Leben von Beatrice verändert haben und ich kann nur hoffen, dass dieses Projekt mir dabei helfen wird, mich als Lyrikerin weiterzuentwickeln und dabei gleichzeitig etwas Neues zu lernen.

Ich habe schon mein eigenes DNA-Test-Set bestellt und rechne jeden Tag mit den Ergebnissen aus dem Labor. Ich möchte mich nicht auf Beas Ergebnisse beziehen – ich habe gehört, dass sich diese Ergebnisse sogar bei Geschwistern unterscheiden können – sondern habe dafür gesorgt, dass dieses Projekt ganz mein eigenes wird.

Mit herzlichen Grüßen
Cordelia

Von: K. Jones <therealkodiakjones@gmail.com>
An: Cordelia Koenig <CordeliaBedelia99@gmail.com>
Betreff: Abschlussprojekt-Partner FTW

Cordelia! Was geht ab?

Seltsam. Ich habe von Ms Nadeer eine Mail bekommen, darin stand, dass wir Partner sind. Ich habe versucht, deine Mailadresse zu finden und bin dabei auf ein paar von unseren Chats von damals gestoßen. Überwiegend ziemlich dämliches Zeug, aber da war so eines vom Ende der Achten – alte Schule. Weißt du noch, wie wir einen Ausflug in den Zoo gemacht haben? Wir haben uns in der Nähe des Wolfsgeheges verirrt und ich habe dir eingeredet, dass die Wölfe nachts frei herumlaufen dürfen. Dein Gesicht, als sie zu heulen angefangen haben. Gute alte Zeiten.

Ist doch schön, dass wir einander als Partner für unsere Projekte zugeteilt worden sind. Sollen wir uns morgen treffen und alles besprechen? Uns überlegen, wie wir einander unterstützen können?

Kodi

PS: Meine Mutter lässt grüßen.

PPS: Moment – du hast diese Mailadresse noch, oder?

Von: Cordelia Koenig <CordeliaBedelia99@gmail.com>
An: K. Jones <therealkodiakjones@gmail.com>
Betreff: Re: Abschlussprojekt-Partner FTW

Hallo, neue Nummer, wer spricht denn da?

Kleiner Scherz. Die Cordelia-Bedelia-Mailadresse behalte ich bis ans Ende meiner Tage. Ebenso wie mein heiß geliebtes Exemplar von *Amelia Bedelia* als Pappbilderbuch.

Zunächst mal freue ich mich sehr, dass du dich so gern an diesen Ausflug erinnerst. Aber ich hab damals ehrlich gedacht, dass wir das nicht überleben. Mach dir einfach noch mal klar, dass du gesagt hast, wenn jetzt menschenfressende Wölfe auftauchen würden, dann wärst du derjenige, der überlebt, weil du schneller rennen kannst als ich. Nicht nett. Absolut nicht.

Es ist ganz schön verrückt, wenn ich an diese Zeit denke. Vor der Highschool. Ich vermisse es, in eurem Garten rumzuhängen, Marshmallows zu grillen und Gruselgeschichten zu erzählen. Dein Vater kannte immer die schaurigsten.

Aber ja doch, es ist schön, dass wir Partner sind. Treffen morgen klingt gut.

Cordelia Bedelia

PS: Sag deiner Mutter, ich grüße zurück.

Es ist spät,
als Mom hereinkommt.
Ich kann gerade noch
meinen Laptop zuklappen.

Sie wirft Wäsche auf mein Bett.
Dann legt sie mir
die Hand auf die Schulter.

»Warum magst du Kodiak nicht?«,
frage ich.

Mom wird ganz sanft.
Sie zieht ihre Finger durch die Spitzen
meiner zu krausen Haare.

»Es ist nicht so, dass ich ihn nicht mag«,
sagt Mom.
»Du sollst nur nicht dieselben Fehler machen
wie deine Mutter.«

Als ich nicht widerspreche,
geht sie aus dem Raum
und ich fahre blitzschnell mein Mailprogramm hoch,
hoffe,
bete,
dass er schon zurückgeschrieben hat.

Manchmal frage ich mich:
Welche Fehler sieht sie in sich,
die ich nicht wiederholen soll?

Von: GeneQuest <donotreply@genequest.com>
An: Cordelia Koenig <CordeliaBedelia99@gmail.com>

Wir haben deine Ergebnisse!

Hier *klicken, um deine Abstammung zu sehen.*

Tief im Inneren weiß ich, was da steht.

Ich bin gar nicht so anders.
Sie
und
ich.

Tief im Inneren weiß ich,
ich suche nur die Bestätigung dafür,
dass
es
einen
Grund
dafür
gibt,
dass
ich
nicht
dazu
passe.

Meine Ergebnisse:

61,1 %	Britisch/Irisch
22,2 %	Französisch/Deutsch
13,8 %	Grob Nordwesteuropäisch
1,4 %	Südeuropäisch
1,1 %	Grob Europäisch
0,3 %	Nigerianisch
0,1 %	Grob Westasiatisch und Nordafrikanisch

Von: GeneQuest <donotreply@genequest.com>
An: Cordelia Koenig <CordeliaBedelia99@gmail.com>

Du hast eine neue GeneQuest-Familie!

Hier *klicken, um deine DNA-Verwandten zu finden.*

(Wenn du keine Verwandten sehen kannst, prüfe, ob die Suchfunktion eingeschaltet ist.)

GENEQUEST

NIMM KONTAKT MIT DEINER FAMILIE AUF!

NAME/FAMILIENVERHÄLTNIS

Jack Bisset – Vater

Väterliche Seite. 50 % gemeinsame DNA.

99,9 % Übereinstimmung

Es spielt keine Rolle, dass noch andere auf der Liste stehen.
Ein Onkel – 25 % gemeinsame DNA
Eine Großmutter – 25 % gemeinsame DNA
Ein Cousin – 12,5 % gemeinsame DNA

Ich kann nicht weiterlesen nach »Vater«.
Jack Bisset – 50 % gemeinsame DNA

Als wüsste jeder,
dass irgendwo ein Mann lebt,
der mein biologischer
Vater ist.

Ich starre unverwandt nach draußen
in den leichten Schnee,
der sich auf meinem Fensterbrett auftürmt,
eine Schutzschicht schafft zwischen mir
und der Welt.

Ich sinke auf mein Bett,
presse mein Kissen an mich
und wiederhole es wieder
und wieder
und wieder
und wieder.

Ich hatte recht. Ich. Bin. Adoptiert.
Ich hatte recht. Ich. Bin. Adoptiert.
Ich hatte recht. Ich. Bin. Adoptiert.
Ich hatte recht. Ich. Bin. Adoptiert.
Ich hatte recht. Ich. Bin. Adoptiert.
Ich hatte recht. Ich. Bin. Adoptiert.
Ich hatte recht. Ich. Bin. Adoptiert.
Ich hatte recht. Ich. Bin. Adoptiert.
Ich hatte recht. Ich. Bin. Adoptiert.

| *Sana-Freundin <3*

ICH: Ich drehe durch.

SANA: Zu viel Junkfood?
Ich auch, meine Liebe.
Ich. Auch.

ICH: Nein. Es ist ernst.
Ich habe gerade meine Ergebnisse von GeneQuest bekommen.

SANA: Hast du Krebs?

ICH: **Screenshot mit Jack Bisset als Vater**

SANA: Heilige. Scheiße.

ICH: Ich weiß.

SANA: Das kann doch nicht sein. Willst du mich verarschen?

ICH: Ich wünschte, es wäre so. Aber es ergibt Sinn, oder?
O Mann.
Kürzlich hat Mom so was gesagt von wegen, ich soll nicht dieselben Fehler machen wie sie.
Und wenn sie gar nicht sich selbst gemeint hat? Sondern irgendeine biologische Mutter?

SANA: Hast du deine Eltern danach gefragt?

ICH: Das kann ich doch nicht. Weißt du noch, als Bea beschlossen hat, den Studiengang zu wechseln?
Dad hat dichtgemacht und mit niemandem mehr geredet.
Mom hat mit CrossFit angefangen.
Und gegen das hier war Beas Sache eine Kleinigkeit.
Ich kriege gerade keine Luft.
Mein Herz platzt gleich.

SANA: Okay, stopp. Ich komm rüber.

ICH: Nein.
Ich halte es hier nicht aus.
Ich komme zu dir.

Ich weiß nicht,
ob ich Schnee von der Windschutzscheibe
oder Tränen aus meinen Augen wischen muss.

Ich kann es nicht sagen,
muss einfach
blinzeln und wischen.
Er geht nicht weg,
dieser Film, der verhindert,
dass ich klarsehe.

Der Schnee.
Die Tränen.
Der Schmerz.

Meine beste Freundin wohnt in einem extrabreiten Trailer
und über ihre Mutter reden meine Eltern
auf diese fiese Art, die Leute haben,
wenn sie etwas nicht verstehen.

Sana brüllt, wenn sie sauer ist.
Schimpfwörter gehören zu Sana
wie ihr eigener Atem.
Und sie provoziert gern
und feiert gern
und manchmal raucht sie Gras.

Sie hält keine Regeln ein,
nur ihre eigenen.

Wir passen eigentlich
nicht zusammen.

Aber Sana bewundert alles,
was ich tue.

Sie lauscht meinen Gedichten, noch bevor
ich sie jemandem zeige.
Sie presst ihr Kissen an sich
und flüstert:
»Das ist so gut!«

In dem Trailer, den sie bewohnt,
fühle ich mich manchmal
mehr zu Hause
als bei mir.

Und ihre Mom,
die meine Eltern nicht verstehen,
hat zwei Jobs
und gibt mir das Gefühl,
dazuzugehören.

Sana ist meine Freundin.
Meine Beschützerin.
Sie gehört zu mir.

Wenn Sana zu mir sagt:
»Es wird alles gut.
Gerade ist es zwar nicht gut,
aber es wird wieder«,
dann möchte ich ihr glauben.

Aber heute Morgen
gab es Jack noch nicht.
Und jetzt nimmt er so viel Platz ein
in meinem Herzen,
er schwillt so gewaltig an, dass ich fürchte,
ich selbst passe gar nicht mehr
hinein.

Er wird so riesig werden,
dass mein Brustkorb aufplatzt
und meine Eingeweide, mein Herz, meine Seele,
sich direkt vor Sanas Füße ergießen werden.
Garantiert sagt sie dann nicht mehr:
»Es wird alles gut.«

Sana legt meine Lieblings-Songs auf
und mithilfe des Wifis der Nachbarn
stalken wir diesen Fremden im Internet,
den Fremden, mit dem die Hälfte meiner DNA
übereinstimmt.

Er bleibt auch dem Internet fremd.
Seine Facebook-Seite ist privat.
Nur sein Profilbild deutet an,
wer er ist.

Ein Mann, der eine Gitarre auf den Knien hält.
Zerzauste rote Haare, Augen geschlossen,
eine Tätowierung auf dem Schlüsselbein:
ein Mädchen
mit Teufelshörnern.

Irgendwo existiert eine Welt,
in der ich so aufgewachsen bin:
Auf seinem Schoß sitzend,
mit den Fingern die Saiten der Gitarre
ertastend,
mich selbst erkennend in dem Vater,
den ich nicht kenne.

Kichernd, weil die Mutter,
die ich nicht kenne,
eine Grimasse zieht, damit ich
lache
für das Foto, das sie schießt.

Vielleicht hat sie dunkles, krauses Haar wie ich,
vielleicht schreibt sie Gedichte,
träumt vor sich hin,
stellt sich Menschen vor,
die sie nie kennenlernen wird
und Orte,
die sie nie besuchen wird.

Von: Cordelia Koenig <CordeliaBedelia99@gmail.com>
An: Bea Koenig <b.koenig@harvard.edu>
Betreff: Schwester, wo bist du?

Hey!

Ich weiß, dass ich mich eine Weile nicht gemeldet habe, aber Du fehlst mir. Wie läuft es in der Uni?

Ich war mit meinem Abschlussprojekt beschäftigt. Heute habe ich meine GeneQuest-Ergebnisse bekommen.

Ich bin ein bisschen deprimiert. Fehl am Platz. Meinst Du, wir können uns demnächst mal zum Skypen verabreden?

Liebe Grüße
Cordelia

Als ich klein war, fragte ich mich,
warum ich mich von meiner Familie unterscheide.

Ich konnte nicht verstehen,
warum keiner von ihnen
einen Satz immer erst
eine Million Mal
im Herzen aussprechen muss
und erst dann mit der Zunge.

Warum Mom und Bea nie bei Filmen weinen,
die mir ans Herz gehen.
Oder warum Bea und Iris denselben Humor
haben. Ihre Witze,
ein Bindegewebe
und ich diejenige, die sich müht,
noch etwas hinzuzufügen.
Und warum Dad sanfter zu mir ist
als zu meinen Schwestern.

Warum ich mich seit jeher einsam fühle,
wenn ich mit ihnen am Esstisch sitze.
Als hätte das niemals mein Leben werden sollen.
Ich weiß, dass auch sie es spüren.
So wie sie einander
hinter meinem Rücken ansehen,
wenn ich etwas sage, das sie überfordert.
Oder Dinge heftiger fühle als sie.
Vielleicht, weil sie mich nicht verstehen.
Aber vielleicht ja auch, weil sie es wissen.

Weil sie es tief im Inneren wissen.
Sie wissen,
Beatrice
und
Iris
gehören zu ihnen.

Ich dagegen
bin der Ausreißer,
das Puzzleteil, das sich nicht einfügt,
diejenige, mit der sie nichts gemeinsam haben
bis auf den Namen.

Das Kind
zwischen den Stühlen
einer Familie,
die auch ohne dieses Kind
vollständig wäre.

Ich habe es gewusst.
Ich habe sie erwartet,
die nächste
Hiobsbotschaft.
Aber jetzt, wo sie da ist,
möchte ich mir
die Ohren verstopfen.

Also gut. Das Abendessen läuft nicht immer gleich ab.
Wenn du ein Geheimnis kennst,
empfindest du alles als hohle Geste.
Ein Nicken.
Ein Hinweis.

Iris hat Stress.
Das kommt selten vor.
Aber wenn doch, dann ist es
»#unfair«
weil Mom und Dad
»#überreagieren«.

Dad sagt:
»Kein Vermächtnis ist so reich wie Ehrlichkeit«,
und ich muss lachen, nicht weil er witzig ist,
sondern weil niemand
weiß,
dass ich weiß,
das Vermächtnis der Wahrheit
ist eine Lüge.

Ich bin eine Lüge.

Also sage ich:
»Unwissenheit ist ein göttlicher Fluch;
Wissen ist der Flügel,
der uns zum Himmel trägt.«
Und Dad ist stolz, schlägt sich auf den Schenkel
und lacht.

»Genau!«, ruft er
und zeigt auf Iris.
»Nimm dir ein Vorbild
an Cordelia.«

Ganz am Ende des Tischs
umklammert Mom
ihren rettenden Wein.

Ihr Lächeln ist hohl, sie mustert mich,
als wollte auch sie gern wissen,
welche Teile von mir
von anderen Menschen stammen.

Von: Bea Koenig <b.koenig@harvard.edu>
An: Cordelia Koenig <CordeliaBedelia99@gmail.com>
Betreff: Re: Schwester, wo bist du?

An der Uni läuft es gut. Ich hoffe, dass ich dieses Semester mit Bestnoten abschließe und vielleicht den Sommer über hierbleiben kann, sodass ich möglicherweise meinen Abschluss noch pünktlich schaffe. Das Studienfach wechseln ist ganz schön hart – mach mir das lieber nicht nach. Wer hätte gedacht, dass ein Abschluss in Frauenwissenschaft ungefähr genauso viel wert ist wie ein Abschluss in Englisch (nicht böse gemeint)?

Es freut mich, dass Du an Deinem Projekt arbeitest. Aber die Sache mit der genetischen Abstammung verwirrt mich. Ich dachte, Du machst irgendwas mit Lyrik. Soll ich Dir meine Gentest-Ergebnisse schicken?

Außerdem, wieso fühlst Du Dich »fehl am Platz«, oder ist das nur so ein typischer übertrieben dramatischer Cordelia-Moment? Im Ernst, Du musst aufhören, so sensibel zu reagieren, sonst wirst Du die Uni nie überleben.

Glaub mir, es wird alles anders werden, wenn Du erst mal hier an der Columbia bist. Die Kleinigkeiten, über die Du Dich jetzt aufregst, werden Dich überhaupt nicht mehr interessieren. Skypen nächste Woche? Hab soooooo viel zu tun.

Alles Liebe
Bea

Kodiak erzählt mir von seinem Projekt
wie ein kleiner Seeotter.
Sein Kopf ruckt auf und ab,
er bricht es auf,
als wäre es ein Seeigel
voll saftigen Fleischs,
zart und sättigend.

»Märchen der Tlingit neu erzählt!«
Er ist so aufgeregt,
dass ich beinahe vergesse,
dass es das letzte Jahr gab.

Ich sage ihm, meins fühlt sich an
wie Seetang,
der meine Füße umschlingt,
und mich unten hält.

Als er fragt: »Wie kann ich dir helfen?«
versuche ich, zu verhindern,
dass die Nadelstiche meiner Tränen
unser erstes Gespräch beflecken.
Unser erstes richtiges Gespräch
seit Jahren.

»Nicht weinen.«
Seine Hand gleitet zwischen uns,
die Handfläche nach oben.
Er ist wieder ein Adler.
Frei.

Geheimnisse.
Sie sind so intim, wie
Hand in Hand gehen.
Meine Hand gleitet in seine
und sie ist gleichzeitig schwielig und sanft.
Finger verflochten,
seine Augen starren in meine,
als könnten sie das,
was von mir bleibt,
verschlingen.

»Ich bin für dich da, wenn du reden willst.«

Nachts,
als Iris im Zimmer nebenan
Nachrichten an ihre Freunde schreibt
und Dad im Sessel eingenickt ist
und Mom im Ehebett schläft,

sehe ich mir Familienfotos an.

Ich suche nach dem Wirbel
in meinen braunen Haaren
und der Nase,
die auch meine Schwestern haben.
Ich blättre in der Bibliothek
die alten Fotoalben durch,
durchwühle die Bilder:
Urlaub in Disneyland.
Tagesausflüge nach Seward.
Nächte in Alyeska,
wo wir Blaubeeren pflückten
und sie verschlangen, bis unsere
Finger blau befleckt waren.

Ich finde ein Foto meiner Mutter
mit dickem Babybauch.
Sie lächelt in die Kamera,
aber ihr Blick ist traurig.
Bea umklammert ihr Bein,
mit Rattenschwänzchen und einem T-Shirt
auf dem steht:
Ich bin 3!

3.
So alt war sie, als ich geboren wurde.
Ein Ruck in meinem Bauch,
ein Hohlraum,
mein Herz ist jetzt befleckt, nicht mehr die Finger.
Die Frage größer:
Wie?

Und wenn ich gar nicht adoptiert bin?
Wenn die Antwort auf die Frage
alles noch verschlimmert,
das Rätsel
unlösbar macht.
Unvorstellbar.
Was, wenn ich die Geschichte bin,
die ich nicht wiederholen soll?

I *Mom*

ICH: Mom, darf ich dich was fragen?

MOM: Klar

ICH: Also, ihr habt mich ja vielleicht nicht adoptiert.
Aber würdest du es mir sagen, wenn ich irgendwie von einem
Samenspender käme oder so was?

MOM: Cordelia, du musst damit aufhören.
Ich habe keine Zeit dafür.
Ich habe heute Nachmittag drei Besichtigungstermine.
Du bist nicht adoptiert.
Es gab keinen Samenspender.
Mach deine Hausaufgaben.
Wir können später reden.

Kodiak Jones

ICH: Darf ich dich etwas Schwieriges fragen?

KODIAK: Klar.

ICH: Letztes Jahr.
Als das mit Liv passiert ist.
Hattest du da manchmal das Gefühl, dass du alles nicht aushältst?
Als würdest du verrückt werden?

KODIAK: Wir sind doch alle ein bisschen verrückt.
Wir vielseitigen, künstlerisch begabten Menschen.
Aber ja, es war nicht gerade die beste Zeit meines Lebens.
Hängt das irgendwie mit dem Grund zusammen, warum du letztes Mal geweint hast?
Was ist denn los?

ICH: Ich glaube, meine Eltern belügen mich in einer Sache.
Einer superwichtigen Sache.
Und das halte ich nicht aus.
Ich kann einfach nicht glauben, dass sie mich in dieser Angelegenheit belügen.

KODIAK: Cordelia.
Tut mir leid, dass ich dir das sagen muss.
Aber die Menschen belügen einander ständig.
Auch Eltern.
Vertrau mir. Ich war fast Vater.

Jeder weiß Bescheid über das,
was letztes Jahr passiert ist.

Weil Liv in der Schule
Mascara-Streifen weinte und
seinen Namen schrie,
als würde sie seine Seele
aus ihrem Körper
speien.

KODIAK!

Und er wandte sich um
mit rotem Gesicht,
die Augen glasig,
die Finger geballt
zu Fäusten,
während Liv redete.

»Es tut mir leid,
ich konnte einfach nicht …«

Der Korridor füllte sich mit Menschen,
jeder wartete auf
seine Reaktion.
Kodiak heulte,
als würde auch seine Seele
aus seinem Körper
gespien.

»Ich weiß«,
schluchzte er,
erstickte an seinen Worten.
Und als sie die Hände
nach ihm ausstreckte,
zerbrach er in ihren Armen
und wirkte klein
und noch kleiner neben ihr.

Und jeder weiß, was danach geschah.

Kodiak betrank sich in der dritten Stunde.
Er nahm das neue Auto seiner Mutter
und fuhr damit los.

Er baute einen Unfall,
zerstörte ein Straßenschild,
einen Briefkasten
und den Wagen
und kam dann
zur fünften Stunde zurück.

Kodiak in Handschellen
vor der Schule
und alle sahen zu.

Selbst Liv,
die weinte
und flüsterte:
»Es wird nie mehr wie früher sein«.

Menschen
belügen einander ständig.

Sie lügen wegen Dingen,
die ihnen Angst machen,
die ihnen womöglich alle
Bequemlichkeit rauben.

Aber Blut muss nicht lügen.
Dein Erbgut kümmert es nicht, ob es
wehtut oder dich zwingt,
dein Ich zu hinterfragen.

Die DNA macht dich zu dem,
was du bist.
Die Menschen zwingen dich,
zu hinterfragen,
wer du bist.

| *Sana-Freundin <3*

ICH: Hey.
Hypothetische Frage.

SANA: Ich liebe hypothetische Fragen!
Ja!
Moment, nein!
Hat das irgendwas mit Emma zu tun? Ist sie total lesbisch und scharf auf mich?

ICH: Nein.

SANA: Eine Schriftstellerfrage oder eine Cordeliafrage?

ICH: Auf jeden Fall eine Schriftstellerfrage.
Was, wenn du wüsstest, dass dich jemand in einer möglicherweise enorm wichtigen Sache belügt?
Also, so wichtig, dass sie dein Leben verändern würde.
Und die einzige Möglichkeit, eine Antwort zu bekommen, wäre, sich direkt an einen Fremden zu wenden?
Würdest du das tun?

SANA: Geht es um dein GeneQuest-Ergebnis?

ICH: Nein! Ich habe doch gesagt, es geht um eine rein hypothetische Schriftstellerfrage.

SANA: Also dann die hypothetische Antwort.
Ich finde, du solltest deinem Vater mit der Übereinstimmung von 99,9 % auf jeden Fall eine Mail schreiben und ihn fragen, was Sache ist.

Erster Entwurf einer Nachricht an Jack Bisset:

Lieber Jack,

ich glaube, ich bin Deine Tochter. Jedenfalls sagen die Ergebnisse meiner GeneQuest-Untersuchung das (und die sind angeblich ziemlich zuverlässig). Das bringt Dich jetzt vielleicht ein bisschen in Verlegenheit, aber ich habe so viele Fragen. Meine Eltern sind super, aber ich habe das Gefühl, dass sie mir etwas Wichtiges verheimlichen (nämlich Dich).

Also, wie ist das? Bin ich adoptiert? Oder bist Du ein Samenspender?

Zweiter Entwurf einer Nachricht an Jack Bisset:

Lieber Mr Bisset,

das ist für Sie jetzt vielleicht ein Schock, aber es sieht so aus, als wären Sie mein Vater.

Glauben Sie mir, für mich war es auch ein Schock, als ich gelesen habe, dass Sie bei GeneQuest als mein biologischer Vater angegeben sind. Immerhin haben meine Eltern, also die, die mich die letzten achtzehn Jahre aufgezogen haben, noch nie angedeutet, dass ich adoptiert bin.

Ziemlich merkwürdig, so etwas in einer Mail zu schreiben.

Ich glaube, ich lösche das alles noch mal und unternehme ein anderes Mal einen neuen Versuch.

Warum ist das denn so schwer?

Manchmal
erkennt man die Frage erst,
wenn man schon dabei ist,
sie zu stellen.

Manchmal
klebt man ein Pflaster
auf den Schorf,
an dem man kratzen möchte,
weil man weiß,
die Wunde hört sonst nie mehr auf
zu bluten.

Manchmal
ist man wie ein Schlittenhund,
der das Gewicht
eines ganzen Teams
allein bewegt.
Es ist zu viel.

Manchmal
muss man den Schlitten entladen,
den Schorf aufkratzen,
die Frage stellen.

Sana und ich teilen uns einen Kopfhörer
und lauschen ihren Lieblingsliedern
anstatt auf das Knirschen
unserer Stiefel im Schnee, der
morgen schon weggetaut ist.

»Wenn wir laufen,
wenn wir Musik hören,
dann geht es uns vielleicht
besser.«

Sie sagt immer »wir«,
als fühlten wir dasselbe.
Verbunden wie Schneeflocken-Schwestern,
die an meinem Handschuh kleben.
Meistens glaube ich ihr,
aber heute fühlen sich ihre Worte falsch an.

Ich sage: »Vielleicht will ich es gar nicht mehr
machen. Das Projekt, es ist zu schwer.
Wenn Bea ihr Studienfach wechseln kann,
kann ich auch mein Projekt wechseln.«

»Du kannst nicht mehr zurück.«
Sie liegt nicht falsch.

Ich denke daran, wie mein
Brustkorb wieder aufspringen wird,
an das rote Blut, das den
Schnee tränkt.

Es gibt dieses Tauwetter.
Der Schnee schmilzt.
Die Hundekacke taut auf,
Schlamm und Schotter
sind wieder sichtbar.

Das ist jetzt mein Tauwetter.
Ich erinnere mich daran, wie alles war,
als ich klein war:
Klar
und nah,
doch jetzt verloren.

GENEQUEST

KOMMUNIKATION IN DER GENETISCHEN FAMILIE

An: Jack Bisset *(zuletzt online vor 4 Monaten)*
Von: Cordelia Koenig *(online)*

Lieber Jack.

Hi. Ich melde mich bei Dir, weil Du bei GeneQuest als mein Vater aufgeführt bist. Es wäre also vielleicht ganz nett, wenn wir uns kennenlernen würden. Irgendwie.

Beste Grüße
Cordelia

Ich kann meinen Blick
nicht von seinem Gesicht abwenden.

Ich warte, als könnte sein Facebook-Profil
sich jeden Moment ändern,
etwas von ihm zeigen,
das ich noch nicht kenne.
Ich rufe meine E-Mails wieder ab,
wieder
und wieder
und wieder.

Jedes Mal, wenn mein Telefon
klingelt,
oder pingt,
oder piepst,
oder brummt,
stelle ich mir vor,
dass er es ist,
am anderen Ende
mit einer Antwort.

Ich kann es nicht ändern:
Ich wünschte, die Zukunft
gliche mehr meiner Vergangenheit.

Verborgen.
Aus dem Blickfeld.
Unscharf.

Könnte ich doch mein Herz
aus meiner Brust nehmen und es eintopfen
wie eine Pflanze.
Es mit allem düngen, was es braucht,
und es wieder dort hinstellen,
wo es zu Hause ist,
wenn der schwierige Teil
hinter uns liegt.

Wäre ich eine Pflanze,
gehörte ich nicht Jack.

Die Saat mag von ihm stammen,
aber die Erde hat er nicht bestellt,
den Boden nicht gewässert und
nicht einen kalten Frühling gewartet,
bis meine Blätter knospten und wuchsen.

Aber jetzt welke ich
und ich frage mich ständig, ist Jack nun
Regen oder Sonne,
Pestizid oder Dünger.

GeneQuest sagt, wir haben
50 Prozent von dem,
was uns ausmacht,
gemeinsam.

Eine Hälfte von mir
ist eine Fremde.
Und die andere
eine Lügnerin.

GENEQUEST

KOMMUNIKATION IN DER GENETISCHEN FAMILIE

An: Cordelia Koenig *(online)*
Von: Jack Bisset *(zuletzt online vor einer Stunde)*

Wow.
Ich hätte nie gedacht, dass ich jemals von Dir hören würde.

Ich vermute, Du fragst Dich jetzt, was zwischen mir und Deiner Mutter gelaufen ist? Wie geht es ihr überhaupt? Ist sie denn eine erfolgreiche Immobilienmaklerin geworden?

Meine.
Mutter.
Hatte.
Eine.
Affäre.
Das.
bedeutet.
Eins.

Mein Dad, mit seinen Witzen
und seinem Shakespeare
und seinem Unterricht,

ist nicht mein Vater.

Aber meine Mom kennt Jack.
Meinen biologischen Vater.

Diese Erkenntnis, der Schmerz,
den diese Sache meinem Vater
und meinen Schwestern
bereiten wird,
brennt
heftiger
als
zuvor.

| *Kodiak Jones*

KODIAK: Hey.
Ich bin spät dran.

ICH: Womit?

KODIAK: Sollten wir uns nicht eigentlich treffen und an unseren Projekten arbeiten?

ICH: Mist.
Hab ich vergessen.

KODIAK: Kein Problem. Sollen wir einen anderen Termin ausmachen?

ICH: Nein.
Komm rüber.
Ich könnte Abwechslung gebrauchen.

KODIAK: Ja?

ICH: Ich habe doch vermutet, dass meine Eltern mich belügen?
Wie sich herausstellt, hatte ich recht.

Von: Vidya Nadeer <nadeer.vidya@tchs.edu>
An: Cordelia Koenig <koenig.cordelia@tchs.edu>
Betreff: Re: Re: Re: Exposé für Abschlussprojekt

Cordelia,

Deine neuen Gedichte, die Du in meinem Kurs eingereicht hast, gefallen mir so gut! Ich wünschte, Du würdest sie Gleichaltrigen vortragen. Du hast dich mit Deinen Texten im Laufe des letzten Jahres wirklich gesteigert, und ich muss sagen, ich bin stolz auf Dich. Hast Du über das Dichtertreffen nachgedacht? Am letzten Tag gibt es einen Wettbewerb und ich kann mir gut vorstellen, dass Du eine Chance auf den Sieg hast, wenn Du Dir ein bisschen Mühe gibst.

Denk darüber nach.
Vidya Nadeer

Von: Cordelia Koenig <koenig.cordelia@tchs.edu>
An: Vidya Nadeer <nadeer.vidya@tchs.edu>
Betreff: Re: Re: Re: Re: Exposé für Abschlussprojekt

Liebe Ms Nadeer,

herzlichen Dank, dass Sie wegen des Dichtertreffens an mich gedacht haben. Auf jeden Fall überlege ich es mir.

Noch einmal vielen Dank,
Cordelia Koenig

Kodiak spielt keine Rolle.
Er ist wirklich der Typ,
der so aussieht, als sei er mit Bartstoppeln
und einem Hoodie
zur Welt gekommen,
als erschiene sein Gesicht im Wörterbuch
sowohl unter »cool«
als auch unter »locker.«

Als er sein Fahrrad
gegen die Hauswand lehnt,
mache ich schon die Haustür zu,
ziehe mir die Mütze über die Ohren.
Er streckt die Arme aus
und drückt mich fest an sich,
so vertraut,
ich könnte schwören,
ich trage noch Zahnspange
und er trägt noch Vans.

Vielleicht,
in einer anderen Welt,
in der mich nicht Dad, sondern Jack aufgezogen hat,
hätte ich gepasst
zu dem Jungen,
der seine Gedichte singt.

Aber stattdessen
zerre ich Kodiak zurück in meine Welt.
Da gibt es einen See hinter dem Haus,
und es ist so kalt,

dass wir erfrieren könnten,
aber das Eis ist nicht dick genug,
um uns zu tragen.

Wir sitzen am Ufer,
dicht nebeneinander
auf dem Steg, wo ich angeln lernte,
und von dem meine Schwestern und ich
einander abwechselnd
ins Wasser schubsten.
Jeden Sommer das Gleiche.

Wir zittern vor Kälte, aber alles
ist besser, als unter dem Dach zu sitzen,
wo das Lügen begann.

Als Kodiak die Hände
in die Tasche stopft
und auf den See hinaussieht,
vergesse ich, dass er ein Adler ist, oder ein Otter.
Er ist ein Junge, der mich
früher einmal kannte.

Ein Junge, der mich vielleicht
wieder kennen will.

Ich sage: »Es ist so viel einfacher,
ein Gedicht zu schreiben,
es im Notizbuch aufzubewahren,
als zu sagen, was ich fühle.«

»Aber wenn du es aussprichst,
dann geht die Furcht,
vor diesen Gefühlen weg.«
Dann schweigt er
und die Welt ist
knacksendes Eis
und die Stille dessen,
was Winter war
und nun etwas anderes ist.

Als ich meine Gedichte
vorgelesen habe,
sieht er in die Ferne
und sagt
kein Wort.

Versucht gar nicht, sie zu füllen,
diese Stille, die zwischen uns sitzt
wie eine Fremde.

Aber er hat recht.
Ich bin frei.
Also erzähle ich ihm von der Nachricht von
Jack.
Das große Geheimnis.
Ich weiß tief in mir drin,
was Jack meinte, als er sich
nach Mama erkundigt hat.

Sie haben eine Geschichte:
mich.

Kodiaks Atem steigt in winzigen Wolken auf,
und er nimmt seine Hände
aus den Hosentaschen
und greift nach meinen.

Er zieht mich auf die Füße,
schiebt mir die Haare aus der Stirn,
unter die Mütze.
»Es ist in okay, traurig zu sein, Cordelia.
Das alles ist ja auch traurig.«

| ***Sana-Freundin <3***

SANA: Nur für den Fall, dass du irgendwelche Zweifel hattest.
Meine Nachbarin meint das ernst. Sie bezahlt mich in Zigaretten.

ICH: Das ist ja widerlich.
Hast du ihr gesagt, dass du nicht rauchst?

SANA: Ganz bestimmt nicht.
Mann, Cordelia. Ich werde mir doch meinen schlechten Ruf nicht versauen.

ICH: Ach, was habe ich mir denn gedacht?

SANA: Das frage ich mich dauernd. WAS denkt Cordelia?

ICH: Hey, ich gehe eigentlich gerade schlafen.
Wir sehen uns morgen in der Schule.

SANA: Du benimmst dich merkwürdig. Es ist etwa 8 Uhr?

ICH: Weiß ich.

SANA: Du weißt, dass du dich merkwürdig benimmst?
Oder du weißt, dass es etwa 8 ist?

ICH: Sowohl als auch.

SANA: Alles klar bei dir?

ICH: Weiß ich nicht.

SANA: Soll ich rüberkommen?
Hey.
Cordelia?
CORDELIA ANN KOENIG!

Schwester Bea

BEA: Ich habe dir meine GeneQuest-Ergebnisse geschickt.

ICH: Brauche ich nicht.

BEA: Mom sagt, du bist gerade nicht gut drauf.
Sie macht sich Sorgen.
Aber bist du wirklich so schlecht drauf, dass du nicht dein eigenes Projekt durchziehen kannst?
Komm schon, Delia. Das sieht dir nicht ähnlich.

ICH: Nein.

BEA: Du solltest mal mit Mom reden.

ICH: Kann ich nicht.

BEA: Warum nicht?

ICH: Kann ich nicht.

BEA: Weißt du, was ich glaube?
Ich glaube, du hast gerade die typische Identitätskrise, die einen im letzten Schuljahr immer erwischt.
Mir ging es genauso, deswegen habe ich
dieses Projekt zu unseren Vorfahren gemacht.
Weil ich wissen wollte, wer ich überhaupt bin.
Wo ich herkomme.
Und weißt du, was ich herausgefunden habe?

Unsere Familie ist echt klasse.
Wir sind mit Emmeline Pankhurst verwandt!

ICH: Glaub mir, ich habe keine Identitätskrise.

BEA: Aber wenn ich mir vorstelle, dass ich mit ihr verwandt bin!
Sie ist doch irgendwie die größte Feministin.
Zur Hälfte ist das der Grund, warum ich mir Brown für die Frauenstudien ausgesucht habe.
Ich verspreche dir, nächstes Jahr, wenn du an die Uni gehst, wird es besser.

ICH: Bei mir ist es anders.

BEA: Ja, ich weiß. Bei dir ist es immer anders.
Wie in der dritten Klasse, als du gesagt hast, wir sollen dich nicht mehr Cordelia, sondern Hannah nennen.
Oder vor ein paar Jahren, als du beschlossen hast, Veganerin zu werden.
Wie lang hast du das noch mal ausgehalten? Fünf Minuten? Zehn?
Weißt du, was ich glaube?

ICH: Was?

BEA: Ich glaube, du hast gehofft, dass unsere Ergebnisse unterschiedlich sind.
Dass du bei der Geburt vertauscht wurdest oder so etwas.
Und jetzt bist du enttäuscht.

ICH: Ich schwöre dir, so ist es nicht.

BEA: Du bist gar nicht so etwas Besonderes.
Wir sind alle Individuen, die versuchen, sich irgendwie durchzuschlagen.
Und du verprellst alle Menschen, die dich lieben.
Iris hat auch gesagt, dass du dich echt seltsam benimmst, und …
Mom hat gesagt, du triffst dich mit Kodiak.
Sie macht sich Sorgen.

ICH: Das glaube ich sofort.
Wenn ich Mom wäre, würde ich mir auch Sorgen machen.

BEA: Und was soll das jetzt heißen?

ICH: Nichts. Vergiss es.

Von: Bea Koenig <b.koenig@harvard.edu>
An: Cordelia Koenig <CordeliaBedelia99@gmail.com>
Betreff: Dein Projekt

Hier.

42%	Deutsch/Französisch
31,5%	Britisch/Irisch
22%	Skandinavisch
2,6%	Grob Südeuropäisch
1,25%	Grob Europäisch
0,3%	Nordafrikanisch/Arabisch
0,2%	Indianisch

Die Wahrheit ist,
wir sind eigentlich gar nicht so
verschieden.

Nur Zahlen
und Worte
auf Papier.

Genauso schnell wie der Winter einzog,
rasch und heimlich,
mit sanftem Morgentau,
und dann ganz plötzlich
Schnee –

Ich wache auf und er ist fort.
Verschwunden.

Mom versteht nicht,
dass mir ihre Hausarbeit egal ist.
Die E-Mail in meinem Postfach
kann ich nicht wegputzen.
Die Mail, die eine Geschichte erzählt,
über Mom und mich,
die ich nicht hören soll.
Ich kann sie nicht wegputzen,
wie diese Reste von gestern Abend.
Lachseier Benedikt,
die Dad zubereitet hat,
und dabei NPR Podcasts hörte.

Mein schlechtes Gewissen
kann ich nicht wegputzen.
Ich stelle mir eine Welt vor,
in welcher der Mann, der mich aufzog,
gar nicht existiert.
In welcher der Mann, der das nicht tat,
meine Welt ist,
und anstelle von Theaterstücken
schenkte er mir Konzerte.

Dad weiß nichts davon,
dass sich innerhalb der vier Wände
meines Postfachs
eine E-Mail befindet
von einem Mann,
von dem er nie gehört hat.
Ein Mann,
der ebenfalls
mein Vater ist.

Was kümmert mich ungespültes Geschirr,
jetzt wo der Winter Geschichte ist,
und meine Ahnungslosigkeit.
Könnte ich nur zurück zu den Tagen,
in denen der Schnee
Schmutz und Schotter abschirmte.
Ich möchte den Winter zurück.

| *Sana-Freundin <3*

SANA: Ich weiß, du machst gerade einiges durch.
Aber was hast du dieses Wochenende vor?

ICH: Grübeln.
Versuche zu entscheiden, wie ich Mom frage, ob ich das Ergebnis einer Affäre bin.

SANA: Moment mal … was?
Ich dachte, du bist adoptiert?

ICH: Ich auch.
Es ist kompliziert.

SANA: Oh, Delia.
Ich weiß nicht, was ich sagen soll.

ICH: Ich auch nicht.
Also, was hast du am Wochenende vor?
Willst du am schriftlichen Teil deiner Abschlussarbeit arbeiten?

SANA: Auf keinen Fall!
Es ist mir ein bisschen unangenehm, das jetzt zu sagen.

ICH: Was?

SANA: Ich habe eine Antwort von der Universität in Anchorage bekommen.
Das ist immer noch Alaska, ich weiß.
Aber es ist wenigstens eine Absicherung.
Ich gehe also ganz offiziell aufs College.

ICH: Warum ist dir das unangenehm?
Das ist doch großartig.

SANA: Ich weiß!
Hast du Lust auf ein bisschen Ablenkung von deiner Katastrophe?

ICH: Das trifft es. Mein Leben ist eine Katastrophe.

SANA: Ich feiere meine Aufnahme ins College.
Fletcher Wilson macht ein Lagerfeuer.
Das wird suuuuper!

ICH: ...

SANA: Okay, war ein Versuch.
Also, wie willst du es anstellen, deine Mutter nach all dem zu fragen?

ICH: Keine Ahnung. Ich habe versucht, mit Bea darüber zu reden.

SANA: Ich kann mir ungefähr vorstellen, wie super das mit Königin Bea gelaufen ist.
Was hast du ihr erzählt?

ICH: Ich konnte ihr gar nicht viel erzählen, sie hat mir gleich erklärt …
Wie war das noch?
»Ich glaube, du hast gerade die typische Identitätskrise, die man im letzten Schuljahr so hat.«

SANA: Typisch Bea.

ICH: Es lief nicht gut, und als sie sagte »wir sind doch alle Individuen, die sich irgendwie durchschlagen«, habe ich das Gespräch abgebrochen.

SANA: Die Uni bekommt ihr nicht.

ICH: Das Leben bekommt ihr nicht.

SANA: Stimmt.
Sie war schon immer schräg drauf.
Ich würde sagen: Spring ins kalte Wasser.
Setz dich mit deiner Mutter hin.
Nimm sie an die Hand.
Sag: »Ich muss dir etwas sagen.«

ICH: »Hey, ich weiß, dass du ungefähr vor achtzehn Jahren einen Typ namens Jack Bisset gebumst hast.«

SANA: Ja, das wäre so ungefähr die Aussage.

ICH: Mist.
Ich muss Schluss machen.
Abendessen.

Wie Dad so hinter Mom herumlungert,
spielerisch, sie nimmt sich ihr Essen,
und seine Finger tanzen über ihre Hüfte.
Und sie kichert,
wie Mädchen es tun,
wenn sie mit Jungs flirten.

Ich frage mich, ob Mom
mit Dad geflirtet hat,
damals, als sie mit Jack schlief.
Ob sie nachts nicht schlafen konnte,
weil sie fürchtete,
erwischt zu werden.

Hat sie geweint, als der Schnee taute,
weil ihr klar war, nichts blieb,
was die Erde bedeckte?

Oder hat sie Dad angelächelt,
seinen Arm berührt,
ihn noch heftiger geküsst,
damit ihm nichts auffällt?

Wenn ich es hartnäckig versuche,
die Luft anhalte,
kann ich vielleicht vergessen,
dass ich mit meiner Familie
am Abendbrottisch sitze.

Vielleicht kann ich nach draußen gehen,
weg von hier, weg von ihnen.

Wenn ich lange genug in den Himmel hinaufstarre,
und die Wolken bitte,
winzige Schneeflocken zu bilden,
vielleicht dauert der Winter
dann ein kleines
bisschen
länger.

Mom klopft an meine Tür,
so wie damals, als ich klein war.
»Hey, das Geschirr …«

Ich sage ihr, dass ich nicht spülen will,
und sie starrt mich an,
schweigend,
als erwarte sie, dass ich jetzt gleich
lache,
sage, das sei nur ein Scherz,
oder mich entschuldige,
weil ich auch nicht
staubgesaugt habe.

Ich tue es nicht.
Es macht so müde,
ihr Geheimnis zu wahren.

Ich möchte frei sein
wie ein Adler,
meine Arme
ausbreiten,
wenn ich meine Gedichte singe.

»Also, denk bitte daran,
morgen Iris von der Schule abzuholen.«
Dann schließt sie die Tür.
Ich hoffte, sie würde schimpfen,
sie würde sagen: »Junge Dame,
was ist in dich gefahren?«

Dann könnte ich ihr alles sagen.
Ihr die E-Mails zeigen.
Schreien.

Aber sie tut es nicht.
Und ich fürchte,
es liegt daran, dass auch sie weiß
oder wenigstens vermutet,
dass unser Winter
vorüber ist.

ICH: Noch eine schwierige Frage.

KODIAK: Los.

ICH: Letztes Jahr …
nach all dem.
Hast du dir jemals gewünscht, du könntest die Zeit zurückdrehen?
Alles ausradieren?
Neu anfangen?

KODIAK: Wahrscheinlich nicht.
Zumindest habe ich wohl aus meinen Fehlern gelernt.

ICH: Du fragst dich überhaupt nicht, was hätte anders laufen können?
Ist das dein Ernst?

KODIAK: Ich hatte viel Zeit, darüber nachzudenken.
Selbst als wir »glücklich« waren und verliebt,
waren wir nicht gut füreinander.
Sie war zu wild,
und ich schaffte es kaum mitzuhalten.
Und als dann alles bergab ging –
fühlte es sich an, war es so,
als müsste ich es unbedingt hinkriegen.
Wir bekamen zusammen ein Kind.
Wir hatten einen Plan und alles.

ICH: Ich kann mir das nicht mal vorstellen.

KODIAK: Ja. Wir suchten schon Namen aus,
überlegten, wie wir es den Eltern sagen sollten,
und wollten uns eine Wohnung nehmen.

ICH: Das klingt schrecklich.
Versteh mich nicht falsch. Was geschah, war schrecklich.

KODIAK: Diesen Schmerz möchte ich nie wieder erleben.
Aber wenigstens bin ich nicht mehr da, wo ich vor einem Jahr war.
Ergibt das einen Sinn?

ICH: Nicht so, wie ich es wohl gerne hätte.

KODIAK: Zurück ist niemals nach vorn. Wenn man zurück geht, geht man immer zu etwas Schlechtem zurück.
Und jetzt ist soweit alles gut.
Ich warte darauf, ob ich im Herbst nach Anchorage auf die Uni gehen kann.
Vielleicht gehe ich sogar woanders zur Uni, wenn ich meinen Durchschnitt noch ein bisschen pushe.
Die Zukunft sieht jetzt ganz anders aus.
Was ist bei dir los?
Was möchtest du ausradieren?

ICH: Alles.

GENEQUEST

KOMMUNIKATION IN DER GENETISCHEN FAMILIE

An: Cordelia Koenig *(online)*
Von: Jack Bisset *(online)*

Hey,

ich habe nichts mehr von Dir gehört, aber mir ist klar, wie schwammig meine letzte E-Mail geklungen hat. Ich hoffe, Du gibst mir Gelegenheit, das näher zu erklären. Zunächst einmal sollst Du wissen, dass ich Deine Mutter geliebt habe. Ehrlich geliebt habe. Obwohl ich wusste, dass sie verheiratet war, und auch wusste, dass das, was wir da taten, falsch war, empfand ich sie als die schönste Frau, die mir jemals begegnet war. Es war diese Art von Liebe, die dich aus dem Nichts überfällt; ich war blind vor Schmerz, als sie gesagt hat, dass wir uns nicht mehr sehen können. Ich habe gedacht, irgendwann einmal verlässt sie ihren Mann und wir können zusammen sein. Wahrscheinlich ist es furchtbar, so etwas zu sagen, denn es geht ja gegen den Typen, der Dich vermutlich großgezogen hat. Vielleicht bin ich nur verbittert. Eine Woche bevor ich Tundra Cove verlassen habe und nach

Seattle gegangen bin, habe ich von Dir erfahren. Zu wissen, dass ich Dich niemals treffen würde, hat mich fast umgebracht.

Sie kam bei mir vorbei und sagte mir, sie sei schwanger; und sie stellte klar, dass ich mich nicht einmischen sollte.

Das war nicht mein Wunsch.

Ich wollte so gerne die Chance haben, Dein Dad zu sein. Jedenfalls, es tut mir furchtbar leid. Ich hoffe, es ist Dir bis jetzt immer gut gegangen. Ich hoffe, Deine Eltern sind glücklich und so weiter. Ich wollte nur gerne die Gelegenheit nutzen, Dir meine Sicht der Dinge aus zu erklären.

Jack

Ich schaffe das nicht.

Seine ungefilterten Worte
wuchern durch meine Brust,
sie wird heiß, sie schmerzt
wie Asphalt im Sommer.
Zu heiß zum Anfassen.
Ich weiß zu viel.
Die kleinen Dinge.
Wo er wohnt.
Was er wollte
und dass er
meine Mutter
geliebt hat.

Dass er von mir wusste.

Er wollte mich
und litt genauso, wie
ich leide.
Jahrelang diese Frage,
welche Teile von mir
da draußen leben,
die ihm ähnlich sehen.
Der Wunsch,
wir hätten die Chance
auf ein Zusammenleben.

Sind seine Finger
beim Abendessen
über Moms Hüfte getanzt?

Und hat er geweint, als
sie ihm sagte,
er könne mich nicht behalten,
so wie Kodiak geweint hat,
als Liv ihm sagte, sie könnten
ihr Baby nicht behalten?

Jetzt gibt es keinen Weg zurück mehr.
Ich kann nicht mehr anders, ich muss das
immer und immer wieder lesen.
Für immer.

Denn endlich weiß ich,
ich bin nicht nur eine Lüge,
ich bin das Ergebnis
von Untreue.
Ein Verbrechen.
Eine Sünde.
Ein Geheimnis.

Ich bin das,
worüber die Leute flüstern.

Also entscheide ich mich.

| *Sana-Freundin <3*

SANA: Hast du schon Schule aus?

ICH: Soll ich dich im Auto mitnehmen?

SANA: DIE UNIVERSITÄT DENVER HAT MIR GEANTWORTET!

ICH: Ich vermute, die Großbuchstaben bedeuten, dass das eine positive Erfahrung war?

SANA: Ja, SCHEISSE, war es!
Ich meine.
Ich habe nicht die geringste Chance, ohne Stipendium da hinzugehen. Null Chance.
Aber es ist doch gut zu wissen, dass ich wenigstens reingekommen bin.

ICH: Fantastisch!
Komm, wir feiern.

SANA: Später?
Ich gehe zu Maddy, wir arbeiten an unseren Projekten.

ICH: Oh, okay.

SANA: Du könntest wahrscheinlich auch kommen.
Aber ich habe vorhin deinen Partner auf dem Schulgelände gesehen.
Hat Gitarre gespielt.
Gegrübelt und so.

Kodiaks Fingerkuppen drücken
Gitarrensaiten nieder,
mit derselben Sicherheit
singt er seine Gedichte.
Aber diesmal
singt er sie zu
den zupfenden, akustischen
Klängen der Gitarre.

Er singt seine Gedichte
und dann meine.

Augen geschlossen,
Brust geöffnet,
und mein Magen
taumelt,
jedes Mal
wenn er eine
meiner Zeilen
singt.

Ich kann nicht anders,
ich möchte einfach
die Hand ausstrecken,
mit meinen Fingern
über seine Wimpern streichen.
Ich möchte mich verstecken
an dieser geschützten Stelle zwischen
seiner Schulter und
seinem Brustkorb
und nie zurückkehren

an diesen schmerzvollen Ort,
an dem ich mich jetzt
befinde.

Ich möchte jede Sommersprosse
auf seiner Nase
mit meinen Lippen betupfen.

»Die Lieder sind wunderschön«,
sage ich.

»Natürlich sind sie wunderschön.«
Er öffnet die Augen,
flüstert mir zu
und unsere Knie berühren sich:
»Du hast sie geschrieben.«

Verpasster Anruf von Mom:	15.32 Uhr
Verpasster Anruf von Mom:	15.33 Uhr
Nachricht von Mom:	Was machst du? Wo steckst du?
Verpasster Anruf von Dad:	15.40 Uhr
Nachricht von Sana:	Ihr braucht dringend ein Zimmer. Aber im Ernst, ihr beiden seid wirklich süß.
Verpasster Anruf von Mom:	15.44 Uhr
Nachricht von Dad:	Schatz, alles klar bei dir?
Verpasster Anruf von Mom:	15.45 Uhr
Verpasster Anruf von Mom:	15.46 Uhr
Nachricht von Mom:	Cordelia. Hoffentlich hast du eine verdammt gute Entschuldigung dafür, dass du deine Schwester nicht abgeholt hast.

Seine Finger
auf meinen.
Wir umklammern zusammen
die Gitarre.
»Das ist G.«
Er führt meine Finger nach links.
»Und E. Genau so.«

Sein Atem
an meinem Nacken.
bringt meinen ganzen Körper
zum Kribbeln.
Nervös,
weil wir uns so nah sind.
Ich müsste mich jetzt nur
ein bisschen drehen
und unsere Lippen
könnten sich treffen
und unsere Herzen
würden vielleicht
platzen.

Ich beginne mich zu drehen,
und meine Wange
streift die seine.
Sein Finger
neigt mein Kinn
seinem zu
und gerade wollen
wir uns küssen,
als sein Telefon klingelt.

»Es ist deine Mom.
Sie klingt ziemlich sauer.«

Rot.
Heiß.
Wut.
Moms Geschrei durchs Telefon.
»Ich glaube es nicht!
Du hast sie vergessen!
Was hast du gemacht?
Natürlich warst du bei IHM!«

Ich kann nichts sagen,
meine Worte sind verschwunden,
als wären sie
tausend Meilen weit
von meiner Küste fortgetrieben.

Ich wäre froh,
es täte mir leid,
aber es tut mir nicht leid,
denn Moms Lüge ist
die schlimmste von allen.
Mein Herz brennt
heute heftiger
als gestern.
Und das Einzige,
was sich gut angefühlt hat,
seit ich es weiß,
ist das Gefühl
von Kodiaks
Wange
an meiner.

| *Sana-Freundin <3*

SANA: Shit.
Deine Mom hat bei mir angerufen.
Tausend Mal.

ICH: Hab ich mir gedacht.

SANA: Scheiße, was war denn los?
Ihre Sprachnachricht klang echt angepisst.

ICH: Ich hab Iris beim Training vergessen.

SANA: Mist.
Kein Wunder ist sie angepisst.
Und du warst bei Kodiak.

ICH: Wir haben Kram für unser Abschlussprojekt gemacht.

SANA: Ist das eine Umschreibung für Schwanz-trifft-Möse?
Ich habe euch beide gesehen.
Verdammt, Mädel, im Ernst?
Das ist schon mehr als ein bisschen Schwärmerei, oder?

ICH: Ich weiß nicht.

SANA: Sei bloß vorsichtig.
Sonst bist du am Ende schwanger, wie Liv.
Musst die Schule wechseln, nach Anchorage.
Das ist ein weiter Weg, Cordelia.

ICH: Na, das musste ja kommen.

SANA: ...
Wow.
Okay.
Tut mir leid.
Mir war nicht klar, dass das für dich so ein Reizthema ist.

ICH: Es ist ein verdammtes Reizthema für alle.
Sie hatte eine Abtreibung, Sana.

SANA: Okay, schon gut.
Ist mir klar, dass das eine heftige Geschichte ist.
Aber wir sind's doch.

ICH: Ich weiß. Tut mir leid.
Es war einfach ein langer Tag.
Und meine Mutter ist stinksauer.
Und Iris ist so wütend, dass sie mich auf dem ganzen Rückweg nicht eines Blickes gewürdigt hat.
Sie hat nur aus dem Fenster gestarrt.

SANA: Hm. Na ja.
Ich kann es ihr nicht verdenken.
Das nervt.
Vergeht aber wieder, oder?

ICH: Muss aufhören.
Mom kommt.

»Was hast du dir gedacht?«,
zischt Mom.

»Ich weiß nicht.«
Ich weiß überhaupt nichts mehr.

»Du hast sie einfach
alleine stehen lassen.«
Ich weiß.
»Was, wenn etwas passiert wäre?
Und was hast du dir dabei gedacht,
dich mit diesem Jungen
abzugeben?«

Ich erkläre Mom, dass dieser Junge nicht nur schlecht ist.
Dass sie das wissen müsste,
immerhin ist er
der Sohn ihrer Freundin.
Wir haben Zeit miteinander verbracht.
Sie hat miterlebt, wie er heranwuchs
von einem Jungen
zu diesem Jungen.

Mom umklammert den Türknauf,
macht die Tür hinter sich zu,
beugt sich hinunter
zuerst ganz still,
als wiege die Drohung in ihrer Stimme
so schwer,
dass sie nur
geflüstert werden kann.

»Jungs wie er
verschlingen dich
und speien dich aus,
bevor dir überhaupt
klar wird,
was passiert ist.

Jungs wie er
verletzen dich auf eine Art,
die du dir gar nicht
vorstellen kannst.

Jungs wie Kodiak …
Er hat eine Geschichte,
weißt du …

Er ist wie …«

»Wer, Mom?«

»Nichts. Vergiss es.«

»Wer?!«

»Er ist wie …«

Sein Name
fühlt sich auf meiner Zunge an
wie Voldemort.

Der, dessen Name nicht genannt
werden darf.

Er darf auch nicht
in Erinnerung gebracht werden,
anerkannt,
besprochen.

Er.
Das Böse,
das aus unserem Leben ausgetrieben werden muss.
Verbannt.
Weggeworfen.
Und ich bin nur das Mädchen,
das wegen all dem
lebt.

Ich wiege sie auf meiner Zunge,
umgreife mit den Zähnen
diese vier Buchstaben,
die ich seit Tagen
in mir verwahre.

»Er ist wie Jack?«

Es dauert viel zu lang,
bis Mom ihn verstanden hat,
den Schlag ins Gesicht.

Als müsste das Wort erst mühsam
von ihren Ohren
zu ihrem Gehirn
wandern
und dann endlich
zu ihrem
Mund.

Sie setzt zum Sprechen an.
Ein Dutzend Mal.
Sie öffnet den Mund
und würgt an Worten.
Sie hat sich wohl nie träumen lassen,
dass sie diese Worte
sprechen muss.
»Hast du gerade –«
Sie kann seinen Namen nicht einmal
wiederholen.

Ich möchte mich größer fühlen,
irgendwie stärker,
weil ich sie zerbrochen habe,
so wie ich mich selbst
zerbrochen fühle.
Geborsten
und gesplittert,
wie Eiszapfen, die aufs Pflaster fallen.

Aber ich fühle mich nur klein
und noch kleiner
neben ihr.

»Wie?«,
fragt Mom.
Ein einziges Wort,
gefangen am Rand
des Flüsterns.

»GeneQuest.«

Sie sinkt in sich zusammen.
Und ein Teil von mir,
nur ein Teil,
schämt sich.

»Du musst verstehen,
es war alles anders.
Dein Dad und ich …
es war für uns
eine schwere Zeit …«

»Welcher?«

»Ach Gott, Cordelia.
Ich spreche von deinem Vater.
Jack – er war ein Fehler,
mein schönes Mädchen.«

Alle Gefühle treiben hoch
wie Fische, die direkt
unter der Oberfläche schwimmen.
Ich sehe gerade genug,
um die Gefahr zu erkennen.

»Wenn er ein Fehler war,
war ich ein Fehler.«

Als du mir in die Augen sahst
und mir gesagt hast,
ich sei nicht sein Kind,
habe ich geweint.

Nicht weil du mir den einzigen Vater nahmst,
den ich je kannte.

Sondern weil ich erleichtert war.

Ich wusste immer, dass mit mir etwas anders war.

Als du mir in die Augen sahst
und mich batest,
ihm nichts zu sagen,
habe ich geweint.

Nicht weil du mich batest zu lügen.

Sondern weil du den Abgrund zwischen mir
und dem einzigen Vater,
den ich je kannte,
noch vertieft hast.

Es wird nie wieder alles gut sein.

Ich werde nie wieder meinen Vater in die Arme nehmen
können, ohne eine Stimme in meinem Ohr so laut wie der
Russische Fluss zum Höhepunkt der Lachssaison,
brüllende, wilde Stromschnellen,
zischend:
Er gehört dir nicht wirklich.
Das ist gar nicht echt.
Du lebst eine Lüge.

Herz.

Explosion.

Wie der 4. Juli,
wenn es Mitternacht ist
und immer noch hell.

Ich kann alles sehen,
ohne Dunkelheit
ist nichts geheimnisvoll.

Was wie ein Zauber sein sollte,
ist nur Tageslicht
und das konturlose Abbild
von so etwas wie Feuerwerk.

Ich würde alles tun,
bekäme ich den Zauber zurück,
würde ich meinen Vater sagen hören,
meinen Shakespeare-verrückten
Vater,
würde er sagen:
Sie irrt sich.

Herz.

Implosion.

»Die Sache mit Jack,
er ist kein guter Typ.

Er eignet sich nicht
als Vater.«
»Wie konntest du?«
Ich zische
wie ein Luchs, der seine
Jungen schützt.
Doch Mom ist diejenige,
die mich bedroht.

»Hättest du es mir jemals
gesagt?«

»Ich weiß nicht.
Es ändert doch nichts.
Oder?
Dein Dad ist immer noch dein Dad.
Dieser Typ ist einfach nur ein Typ.
Schatz.
Bitte.«

»Das
ändert
alles.«

Als Dad anklopft,
zucken wir beide zusammen.

Er tut das,
was er immer tut.
Fröhlich durchschneidet er
unsere Spannung und fragt:

»Worum zanken sich meine Mädels denn?«
Er streicht mir durch die Haare,
drückt Mom an sich
und als sie mir
in die Augen sieht,
bettelt sie:

Bitte,
sag ihm nichts.

Mom sieht aus, als
würde sie gleich durchdrehen.
Ihre Haut ist rot und geädert
wie gehäutetes Elchfleisch,
das herumliegt
und verwest.

Sie hebt einen Fingernagel zum Mund,
kaut an der Ecke.
Selbst ihre Wimpern
beben.

KODIAK: Ganz schön verrückter Tag.

ICH: Aber so was von!

KODIAK: Meine ich das nur,
oder wären wir beinahe zu weit gegangen?
Wahrscheinlich gut, dass deine Mutter angerufen hat.

ICH: Was?

KODIAK: Komm schon.
Dir ist doch klar, dass es dann kein Zurück mehr gegeben hätte.

ICH: O Mann.
Ja. Nein, du hast recht.

KODIAK: Hast du großen Ärger gekriegt?

ICH: Wohl nicht so groß, wie eigentlich angebracht war.
Ich habe sie nach Jack gefragt.
So was wie ein Ablenkungsmanöver.

KODIAK: Ach du Scheiße!
Delia?
Alles klar bei dir?
Was hat sie gesagt?

ICH: Aaaach …
Nichts Weltbewegendes.
Nur dass ich recht habe.
Und dass mein Vater nichts davon weiß.
Also, ja, schon ein ziemlich verrückter Tag.

KODIAK: Mist.
Da kommen meine Kumpels.
Ich ruf dich später an.

| *Sana-Freundin <3*

ICH: Was machst du heute Abend?

SANA: Diese Party bei Fletcher, von der ich dir erzählt habe.
Ich kriege heute raus, was Emma Daniels meint, wenn sie auf Facebook »ist kompliziert« schreibt.

ICH: Du bist noch bei Facebook?

SANA: Nein, Quatsch.
Aber es gehört zu meiner Internet-Schnüffel-Aktion in 32 Schritten.

ICH: Nimm mich doch mit.

SANA: Zum Internet-Schnüffeln?
Das mache ich doch direkt hier auf meinem Computer.
Aber es ist ein düsterer, schmutziger Weg.
Ich weiß nicht, ob du dem gewachsen bist.

ICH: Nein.
Zu Fletcher.

SANA: Willst du mich veräppeln?
Nein. Du machst Witze.
Du sollst dich nicht über mich lustig machen.
Das machen sie alle.
Diese Hetero-Mädchen.

ICH: Ich hatte einen miesen Tag.
Holst du mich um neun ab?

SANA: Ich gehe auf keinen Fall vor zehn los.
Haben deine Eltern nichts dagegen?

ICH: Nein, heute Abend sagen sie garantiert nichts.

Jack Bisset hat einen Instagram-Account.
Ich finde ihn, als ich seinen Namen eingebe
und »Seattle«.

Dreitausend
sechshundert
siebzig
Kilometer
entfernt.

Seine Fotos zeigen ein Leben
wie das eines Rockstars.
Auf einem Bild hat er
eine Zigarette im Mund
und der Rauch verdeckt sein Gesicht
wie dichter Nebel
über den Bergen
draußen vor meinem Haus.

Auf einem der Fotos
hängen Mädchen an seinem Arm.
Auf einem anderen sitzt er
auf einem Motorrad,
fährt los, weg von
der Geschichte,
in der ich lebe.

Und dann das Foto,
das ich schon kenne,
von seiner Facebookseite.
Er mit seiner Gitarre

und die Tätowierung,
eine Frau
auf seiner Brust.
Sie hat Teufelshörner.

Jetzt sehe ich es:
die langen braunen Haare,
die haselnussfarbenen Augen
und ein spöttisches Grinsen,
als hätte sie nichts zu verlieren.
Hat sie wohl auch nicht.

Eine verblüffende Ähnlichkeit
mit der Frau ein Zimmer weiter,
mit der die andere Hälfte meiner DNA
übereinstimmt.

GENEQUEST

KOMMUNIKATION IN DER GENETISCHEN FAMILIE

An: Jack Bisset *(zuletzt online vor 2 Minuten)*
Von: Cordelia Koenig *(online)*

Hi Jack,

tut mir leid, dass es mit der Antwort auf Deine E-Mail so lange gedauert hat.

Du kannst Dir wahrscheinlich vorstellen, dass bei mir diese Woche alles drunter und drüber ging. Ich versuche immer noch, alles zu sortieren.

Merkwürdig, wenn ich mir vorstelle, dass ich vor einer Woche noch gar nichts von Dir gewusst habe.

Und jetzt bist Du da …

Also, einfach, damit wir uns ein bisschen besser kennenlernen: Wie lebt es sich so in Seattle? Ich war erst einmal da, und da war ich noch ganz klein.

GENEQUEST

KOMMUNIKATION IN DER GENETISCHEN FAMILIE

An: Cordelia Koenig *(online)*
Von: Jack Bisset *(online)*

Wow. Mir war nicht klar, dass Du es eben erst erfahren hast. Ich bin davon ausgegangen, dass Du Bescheid weißt und deswegen den DNA-Test gemacht hast.

Das muss ganz schön schwierig sein, Liebes. Es tut mir leid. Ich habe den Test gemacht, weil ich hoffte, dass Du irgendwann mal nach mir suchen würdest. Ich hoffte, dass wir Kontakt zueinander bekommen würden und miteinander reden könnten, aber so wollte ich es auch nicht – dass Du davon total überrumpelt bist. Ich kann mir das gar nicht vorstellen. Es ist verrückt, dass das jetzt passiert ist. Du bist bestimmt ziemlich durcheinander. Ich kann nicht glauben, dass Deine Eltern es Dir nicht gesagt haben.

Seattle ist wunderbar. Ich lebe jetzt seit achtzehn Jahren hier, schätze ich, und fühle mich hier wohl. Die Stadt ist mein Zuhause geworden. Ich bin Musikproduzent und dafür ist das hier der perfekte Ort. Jede Menge Nachwuchsmusiker und fantastische Bands. Wie läuft es da oben in Alaska? Wie geht es Deiner Mutter? Weiß sie, dass wir Kontakt haben?

GENEQUEST

KOMMUNIKATION IN DER GENETISCHEN FAMILIE

An: Jack Bisset *(zuletzt online vor 2 Minuten)*
Von: Cordelia Koenig *(online)*

Hallo Jack,

Musikproduzent? Ich glaube, ich habe noch nie so einen coolen Menschen getroffen (geschweige denn, dass ich mit einem verwandt war). Hast Du schon mal mit jemandem zusammengearbeitet, den ich vielleicht kenne? Mom geht es gut. Ihr Immobilienbüro ist vor ein paar Jahren so richtig durchgestartet, daher hat sie jede Menge Arbeit. Und sie weiß, dass wir Kontakt haben. Ich habe sie nach der langen E-Mail von Dir darauf angesprochen und wir haben über alles geredet. Auf jeden Fall hat sie kein Problem damit.

Ich weiß, das ist alles etwas seltsam, aber darf ich Dich anrufen?

Cordelia.

»Auf jeden Fall.«
Mom weiß es.

Aber Dad hat noch immer keine Ahnung.
Ich frage mich:
Ob Dad wusste,
dass es einen Jack Bisset
überhaupt gab?

Wenn man ihn fragen würde,
würde er bei dem Namen passen?
Würde er nachfragen, ob das
ein Shakespeare-Schauspieler ist,
den er kennen sollte?

Aber Mom weiß,
dass ich Jack gefunden habe.
Sie hat nie gefragt,
ob ich ihm E-Mails schreibe
oder mit ihm reden möchte
oder mit ihm reden werde.

Aber sie muss doch davon ausgehen,
dass meine Neugier,
mein Verlangen nach der Wahrheit
unweigerlich zum Kontakt führt.

Also, ja.
Sie weiß es.
Oder zumindest
müsste sie es wissen.

Es ist 19.22 Uhr,
als ich die Nummer wähle,
die er mir gegeben hat.

Zuerst knistert es auf der anderen Seite.
Die Verbindung fällt aus
und kommt wieder.
Und ich muss dreimal Hallo sagen,
bevor ich selbst
etwas höre.

»Hi.
Ja.
Ich bin dran.«

Seine Stimme ist höher,
als ich gedacht hätte.
Und ich frage mich, ob auch er denkt,
dass meine Stimme nicht
zu meinen Bildern passt.
Wenn er überhaupt nach Bildern gesucht hat.

Mein Herz hüpft in meiner Brust,
wie ein Pingpongball von einer Seite zur anderen,
während ich überlege,
was ich sagen soll.

»Das ist so merkwürdig«,
sage ich.
Und als er nicht gleich
antwortet,

denke ich,
ich habe etwas Falsches gesagt.

Aber dann:
»Ja, Kleines.
Das ist merkwürdig.«

Wir reden eine Stunde lang.
Er erzählt mir von einer Band.
Und dass sein Aufnahmestudio
im Stadtzentrum liegt –
er sieht das Meer jeden Tag
auf dem Nachhauseweg.

»Ja, ich arbeite mit vielen Bands von hier.
Hast du schon mal von Pentalux gehört?
Sie waren gerade letzte Woche im Studio.«

Ich erzähle ihm, dass ich Lyrik liebe.
Dass ich Herzklopfen bekomme, wenn jemand
akustische Gitarre spielt.
Er schmunzelt am anderen Ende der Leitung,
es klingt wie Musik,
als erfülle ihn Freude.
»Das hast du von mir.«

Er sagt mir, hör dir doch mal
Nirvana unplugged an.
Und dass er den Tod
von Kurt Cobain nie verwunden hat.

Ich möchte ihm sagen, mein Nirvana
sind die Tagträume von einem Leben,
in dem meine Mutter nicht log
und ich ihn kennenlernte,
als ich noch klein war.

Aber stattdessen
behalte ich meinen Tagtraum,
schreibe im Kopf eine heimliche Geschichte,
die ich jederzeit
besuchen kann,
wenn der Schmerz
zu wirklich wird.

Wenn ich Kodiak erzählen würde,
dass ich mit Jack gesprochen habe,
würde er das Richtige tun:
Er käme zu mir
und würde mich dazu bringen,
ein Gedicht zu singen.
Und wenn wir uns nahe genug kämen,
würde er mich daran erinnern,
es ist keine gute Idee,
dass wir uns küssen.

Würde ich es Sana erzählen,
würde sie witzeln
und vergessen,
dass sich nicht jeder
Schmerz mit Humor
kurieren lässt.

Ich möchte jemandem mein
Geheimnis verraten.
Irgendwem.
Aber es ist alles zu chaotisch.
Ich behalte es einfach bei mir,
halte die zerbrechlichen Eierschalen
mit spitzen Fingern.

ICH: Damals.
Als du fortgehen musstest.
Wie hast du es hingekriegt, dass es nicht mehr wehtut?

JACK: Ich habe es nicht hingekriegt.
Es tut immer noch weh.
Aber jetzt können wir uns doch wenigstens
kennenlernen.

ICH: Ja, können wir.

21.55 Uhr.
Als ich mich auf den Weg
zur Party mache,
sitzt Iris im Flur
und spielt mit ihrem Telefon.
#langeweile
Sie sieht gar nicht auf,
als ich mich neben sie kauere
und mein Kinn
auf ihr weiches, braunes Haar lege.

»Es tut mir leid,
dass ich vergessen habe,
dich abzuholen.«

»Ist schon okay«,
sagt sie.
»Aber du benimmst dich komisch.
Komischer als sonst.«
Tränen in jedem Winkel
ihrer Augen
wie gesammeltes Regenwasser.
Sie erwartet,
dass ich etwas sage.

»Du musst netter zu Mom sein.
Diese ganzen Streitereien.
Sie weint jeden Tag,
weißt du das überhaupt?«

Ich zucke zusammen,
halte Iris' Hände in meinen,
vorsichtig
als wäre sie die weiche Fichtenrinde,
die ich vom Stamm schäle.

Sie wird nie erfahren, dass ihre Mom
und meine Mom
zwei verschiedene Menschen sind.
Die eine liebt,
die andere lügt.

Wäre Jack mein Vater,
würden wir vielleicht unsere Zeit
zwischen hier und Seattle aufteilen.

Vielleicht wäre Alaska unser Sommer,
Seattle unser verregneter Winter.

Vielleicht wäre Iris nicht hier,
aber vielleicht doch.

Vielleicht hätte Mom sich
die Haare leuchtend gefärbt – etwa grün –
und wäre aus dem
Immobiliengeschäft ausgestiegen
und Jack gefolgt.
Vielleicht wäre Mom nicht so verspannt
und Bea vielleicht auch nicht,
und vielleicht würde Dad uns nicht foppen
oder seine Hände über
Moms Hüfte gleiten lassen
oder die ganze Zeit so glücklich strahlen.

Vielleicht hätte er seinen Shakespeare nicht
und nicht dieses Lächeln nur für mich.
Vielleicht wäre Dad gar nicht Dad,
sondern ein Typ, den sie einmal kannte.
Und diese Erkenntnis lähmt mein Herz,
als sei es mir eben aus der Brust gesprungen.

Als Sana kommt,
ist es, als wehe
kühler Kieferndurft
durch die Fenster.

Sie ist der frische Atem,
den ich gebraucht habe
nach diesem Tag
voller Ärger und Trauer.

Mom sitzt auf dem Sofa,
tränennasse Augen,
Fingernägel zwischen den Zähnen
und sagt kein Wort,
als ich gehe.

Dads Arm liegt um ihre Schulter.
Er krault sie wie ein Hündchen.
Er hat keine Ahnung,
weswegen sie weint:
nicht, weil ich so gemein bin.

Nein, weil ich sie erwischt habe:
Bei der einzigen Lüge,
die uns entzweien könnte.

»Wohin des Wegs?«,
blafft Dad.

»Weg«, sage ich.

»Okay«, sagt er
und beobachtet mich.
Ich kämpfe gegen die Angst,
er erwarte noch mehr.
Er fehlt mir schon,
dieser Mann,
der in meinem »Vielleicht«-Leben fehlt.

»Ruf an, wenn ich dich holen soll.
Pass auf dich auf, meine Cordelia.
Bleib dir treu.«

Wenn er wüsste …
Vielleicht wäre ich nicht Cordelia geworden.

Cordelia war die Tochter,
die ihren Vater liebte.
König Lear,
mit ganzem Herzen.
Nicht für das, was er ihr geben konnte.
Nicht für das, was er schenkte.
Nur für das, was er war.

Er hätte mich womöglich anders genannt:
Regan
oder
Goneril,
die Schwestern, deren Liebe eine Lüge war.

Eine Erfindung,
wie die Lüge meiner Mutter.

Mag sein,
dass der Winter vergangen ist.
Aber der Frost in meinen Knochen
raubt mir den Atem.

Fletchers Eltern bauen eine Hütte
fünfzehn Kilometer außerhalb der Stadt.
Aber am Wochenende,
wenn die Arbeiter weg sind
und die Eltern zu Hause,
macht er ein Feuer
in einer schlammigen Grube.

Wenn das Wetter mitspielt,
ist das der Ort,
an dem alle rumhängen
und trinken
und grölen.

Das Feuer tobt
orange und gelb und purpurfarben,
es brennt so laut,
wie die Party um das Feuer herum.

Wir spielen im Dunkeln,
verstecken uns hinter den Bäumen,
die unsere Geheimnisse wahren.

Gummistiefel und
gefütterte Leggings,
immer noch in dicken Jacken,

bis wir endlich
so viel Bier getrunken haben,
dass wir nicht mehr frieren.
Eine Party,
Frühling
in Alaska.

Sana kennt jeden
und als wir aus dem Auto steigen,
schreit sie ihre College-Neuigkeiten heraus
und alle schreien ihren Namen.
Es erstaunt mich immer noch,
dass sie zu mir gehört.
Ihre Freunde sind meine Freunde,
über sie,
eine Verbindung
zum Rhythmus jeder Party.

Meine Menschen wohnen in Büchereien,
nicht versteckt im Wald,
mit Bier um ein Feuer,
sondern in Büchern verschlossen,
frei nur am Abend,
versteckt zwischen den Seiten.

Fletcher reicht uns Getränke.
Etwas Fruchtiges, Pinkes,
es schmeckt zu süß,
aber ich trinke es trotzdem.

»Wo ist Kodiak?«, fragt er,

als müsste ich das wissen.
»Er hat gesagt, dass er kommt.«

Als ich mit den Schultern zucke,
blinzelt Fletcher verwirrt.
»Ich dachte, ihr seid zusammen.«

Ich nehme einen tiefen Schluck
von dem pinken Drink
und zucke erneut mit den Achseln.

Es stimmt nicht.
Ich wünschte, es würde stimmen,
tut es aber nicht.

Ich trinke nicht zum ersten Mal Alkohol.
Auch nicht zum zweiten Mal.
Aber zum ersten Mal
trinke ich,
um zu vergessen.

Um Beas Arroganz zu vergessen
und Iris' Miene, als ich sie vergessen habe.
Wie sie mich bat, freundlicher zu Mom zu sein.
Dads Witze, die ich nicht verdiene.
Jacks Geständnis
und die Mails, die zwischen uns
hin- und hergehen.
Moms Lüge.
Kodiak und unser Beinahe-Kuss.
Unser Beinahe-Kuss
und unser Beinahe-alles.

Die Drinks wirken offenbar,
denn eine Weile vergesse ich wirklich.
Und Sana und ich lachen Tränen,
als wir tiefer in den Wald hineingehen.
Dunkler Himmel,
tiefer Wald,
Wurzeln über dem Weg.
Wir tanzen,
benehmen uns wie Mondhexen,
halten uns an den Händen
und flüstern uns zu,
wie sehr wir uns lieben.
Verbunden wie Schneeflocken-Schwestern.
Das fühlt sich jetzt so richtig an.

Als wir vor uns Stimmen hören,
ist uns nicht gleich klar,
wen wir da hören.

»Vielleicht ist das nur eine Tür,
die noch nicht aufgehen sollte.
Noch nicht«,
sagt eine Mädchenstimme.

Sana flüstert in mein Ohr:
»Komm mit.
Das willst du nicht sehen.«

Ich schüttle sie ab.
Vielleicht will ich das nicht sehen,
aber ich muss.

Es ist nicht gleich klar,
dass der Umriss eines Mädchens
hinter den dicken Birkenstämmen
Liv ist.
Dass die Kapuzenschnur, mit der sie spielt,
zu Kodiak gehört.
Ich bin mir nicht sicher, dass ich sie lachen höre,
oder sehe, dass er einen Arm um ihre Schultern legt
und sie an sich zieht
und
ihre Stirn küsst.

»Da bin ich wirklich sehr froh«,
antwortet er ihr.

Es ist mir vielleicht nicht gleich klar,
aber als mir dämmert,
was ich da sehe,
wünschte ich, es wäre nicht.

»Hey, Delia – komm her!«
Sana wirkt nicht wütend.
Es ist eine merkwürdige Mischung aus
verwirrt
und besorgt,
als kämpfe sie zwischen Frühling und Winter
wie ich auch.
»Vielleicht solltest du mal runterkommen.«
Sana schiebt mich näher ans Feuer.
»Wie viele hattest du denn?«

Aber ich weiß es nicht.
Es ist mir egal.
Ich will es nicht wissen.

Der pinke Drink erzeugt so ein
angenehmes, warmes Kichern im Bauch.
Als wären alle Sorgen nur eine Erinnerung,
mit der ich mich erst morgen
wieder belasten muss.
Als wäre es ganz egal, wer
mein Vater ist.
Oder mit wem Kodiak
gerade redet.
Ich amüsiere mich heute Abend.

Fletcher legt einen Arm um mich,
grinst Sana an wie ein Heilbutt,
schief und träge.
»Lass sie doch, Sana.
Sie macht sich mal locker – nicht wahr, Cordelia?

Du weißt schon, dass ich dich schon immer mochte?«,
flüstert mir Fletcher ins Ohr.
Und es ist heiß und feucht
und widerlich.

»Wirklich?«, frage ich,
denn es ist das erste Mal,
dass jemand
mir je gesagt hat,
dass er mich mag.

»Klar …«

Fletcher sitzt neben mir auf einem Baumstamm.
Und obwohl das Feuer die Wärme spendet,
die wir brauchen,
legt er uns eine Decke um die Schultern
und beugt sich über mich.
In seinen Augen funkelt kein Stern.
Sie sind irgendwie verschwommen
und ein bisschen traurig.

Ich bin auch traurig.

Und als ich über das Flackern
des Feuers vor mir blicke,
sehe ich Sana auf der anderen Seite.
Sie lächelt,
aber gleichzeitig schüttelt sie den Kopf.
Zuckt mit den Schultern, als sage sie:
Was hast du denn vor?

Ich kann mich nicht erinnern,
dass ich das geplant habe,
aber Fletchers Mund presst sich auf meinen
und er ist neblig und träge
wie seine Augen.
Unsere Arme sind irgendwo,
und ich kann nicht sagen,
ob ich das wirklich tun will,
oder ob ich nur vergessen will,
dass Kodiak mit Liv hier ist.

Als wir auftauchen und Luft holen
und ich mir den Mund abwische,
flüsterte er etwas wie
»Du bist so hübsch.«
Ich wende den Blick ab
von seinem Kompliment,
sehe wieder durch die Hitze,
das Flackern des Feuers.

Hinter der Feuergrube
unter den Bäumen
stupst Liv Kodiak
– sieht mich mit Fletcher an,
genauso wie ich
sie mit Kodiak angesehen habe,
vorhin.

Er beobachtet uns schon
und senkt das Kinn,
wie Jungs das so tun,
wenn sie grüßen.

Ich weiß nicht, ob das Schmerz ist
um seine Augen herum,
was ich da sehe
oder was ich sehen will.

| *Daddy*

ICH: Kkommst du mich holen?

DAD: Aber klar, mein Schatz. Alles in Ordnung?

ICH: Nnich böse sein. Bin betrnken.

DAD: Bin gleich da.

Dad sagt, ich stinke wie eine Zuckerwatte-Destillerie.
Erst da spüre ich so ein widerliches Drücken
im Bauch von all der Süße
im pinken Drink.

»Denn ein Krug voll Bier ist ein Prinzessinnentrank.
Meine Prinzessin,
alles in Ordnung?«

Er ist glücklich,
aber das Leuchten in seinen Augen
erfüllt mich mit Trauer,
so schwer,
dass mein Kopf
gegen das Autofenster sinkt.

Er ist hier,
weil er nicht weiß:
Dieser riesige Baum,
der zwischen uns wächst,
hat so tiefe, verborgene Wurzeln,
dass ich nicht glaube, wir können jemals
heilen.

»Schatz?«, drängt er
und lenkt den Wagen an den Rand
eines vergessenen Waldwegs.
Die Nacht ist voller Sterne,
aber er beachtet sie nicht.
Sein Blick ruht auf mir.
»Ist dahinten etwas passiert?«

Die Lüge verzehrt mich von innen.
Ich erzähle Dad den kleinsten Teil
der kleinsten Wahrheit,
die ich ihm bieten kann.
»Ich habe den falschen Kerl geküsst.«

»Na, das sieht dir überhaupt nicht ähnlich.
Warum hast du diesen Kerl geküsst,
wenn du einen anderen magst?«

»Weil der, den ich mag, ein Problem ist
oder Probleme hat.«
Mehr kann ich nicht sagen.

»›Der Weg wahrer Liebe ist nie gerade.‹
Geht es um Kodiak?
Sag mir eins, Cordelia:
Warum magst du ihn?«

Je mehr ich über Kodiak rede,
desto mehr denke ich an Jack.

Und bevor ich mir darüber im Klaren bin,
sage ich all diese Dinge zu Dad,
die ich nicht sagen sollte,
ohne Mums Lüge zu verraten.
Ich schluchze, sage Dinge wie:

»Ich kann nicht bei ihm sein.
Wenn er mir nahe ist,
könnte sich alles ändern.
Dad, es verletzt dich vielleicht.«

Er hält mich fest,
Schultern gerade,
zwingt mich, meinen
verschwommenen Blick
auf ihn zu richten.

»Cordelia.« Er nimmt mein Gesicht in seine Hände,
und das ist wärmer, als ich in Erinnerung hatte.

»›Ich liebe dich mehr als Augenlicht,
Raum und Freiheit,
mehr als alles,
was teuer und geschätzt werden mag,
mit einer Liebe, die die Worte unzulänglich macht.‹
Ich bin so stolz, dich meine Tochter zu nennen.
Ich bin stolz, dein Vater zu sein.
Kein Junge kann das ändern.«

Und hier
in diesem Fünf-Sterne-Hochsicherheits-Volvo
irgendwo zwischen Winter und Frühling,
während sich mein Telefon
mit Texten des Hätte-sein-können-Vaters füllt,
denke ich, vielleicht
schafft es das Feuerwerk doch,
den dunkeln Himmel zu erleuchten.
Vielleicht dieses Jahr.

Sana-Freundin <3

SANA: Shit.
Emma Daniels ist hier.
Und außerdem habe ich mit deinem Typen geredet.

ICH: Ich habe es Dad gesagt.

SANA: Moment mal – was?
Machst du Witze?

ICH: Moment.
Nicht Jack.
Fletcher.
Mir wird schlecht.

SANA: Ojeeeee.
Soll ich rüberkommen?
Cordelia?
Deeeeelia.
Ich hoffe, du nimmst ein riesiges Aspirin und trinkst fünf Liter Wasser.

Spät in der Nacht
öffnet sich meine Tür
und Mom setzt sich
auf meine Bettkante,
während ich so tue,
als würde ich noch schlafen.

Sie schnieft, kämpft gegen Tränen.
Ich höre sie an den Nägeln knabbern
und etwas murmeln, als sie sich durchgerungen hat,
den Mund aufzumachen.

»Ich weiß, dass du wach bist.«
Sie flüstert ihre Worte,
als wüsste sie nicht mehr,
wie sie ihre volle Stimme benutzt.

»Ich kann nicht erwarten, dass du jemals verstehst,
wie ich so etwas tun konnte,
so etwas Großes,
vor dir geheim zu halten.
Dieser Mann –
dein –
er –«
Dann Schweigen.

Sie weint
auf solch eine sanfte, gebrochene Art,
dass ich ihre Hand nehmen möchte.
Aber ich kann mich nicht bewegen.
Schließlich steht sie auf

und auf dem Weg zur Tür
sagt sie noch etwas,
bevor sie geht.

»Jack war nie das, wofür ich ihn gehalten habe.
Ich habe lange Zeit versucht, seinen Lügen zu glauben.
Aber dein Dad ist, was er ist. Er ist ein guter Mensch.
Wenn er es wüsste, würde es ihn umbringen.«

Was Iris heute Morgen zu mir sagt:
#kater
#kaputtehose
#imbadeingeschlafen
#momistsauer
#stinktwiehölle
#bestimmthausarrest
#collegevorbereitung

KODIAK: Was macht dein Kater?

ICH: Musst du das fragen?

KODIAK: Mir war nicht klar, dass du gestern Abend ausgehen wolltest.

ICH: Mir auch nicht.
Ich meine, ich wusste auch nicht, dass du ausgehen wolltest.

KODIAK: Ja, schade.
Wir hätten eine Fahrgemeinschaft bilden können.
Dann hätte ich vielleicht verhindern können, dass du gefletchert wirst.

ICH: O Mann.
Es gibt ein Wort dafür? Igitt.
Als würde ich mich nicht schon mies genug fühlen.

KODIAK: Es ist verdammt schade, Cordelia.
Jetzt, wo du meinen Freund geküsst hast,
fürchte ich, mit uns beiden kann es nie was werden.

ICH: Oh.
Okay.

KODIAK: Ich mach nur Witze.
Das war ein Witz – alles okay bei dir?

ICH: Ja. Sorry.
Übel verkatert.

Es ist so, als wäre ich
hinaus ins Watt gegangen,
dort wo Schilder stehen
und warnen:
Weitergehen verboten.

Ich stehe still,
zuerst jedenfalls.
Aber das Wasser wird höher
und der Sand um meine Stiefel
wird weicher.
Und bevor ich es merke,
stecke ich fest.

Ich kann nicht atmen.
Nur zusehen,
wie die Flut kommt.
Immer näher.

Ich weiß,
wir alle wissen,
ich stecke fest
und kann mich nicht retten.
Ich ertrinke.
Hätte ich nur gewusst,
dass »wir«
überhaupt möglich war.

KODIAK: Anderes Thema.
Hast du in letzter Zeit Texte bei Ms Nadeer abgegeben?

ICH: Nein.
Ich war voll damit beschäftigt, mein Leben gegen die Wand zu fahren und Familiengeheimnisse auszugraben.

KODIAK: Und mit Fletcher Wilson herumzuknutschen.

ICH: Können wir einfach nicht mehr darüber reden?

KODIAK: Wir sollten uns treffen. Wir kriegen ein paar Texte zusammen.
Damit Ms Nadeer etwas zu lesen hat.
Ich muss von eins bis drei meine Arbeitsstunden leisten. Das ist alles.

ICH: Ich fühle mich ziemlich krank.
Außerdem vermute ich, meine Eltern wollen nicht, dass ich heute aus dem Haus gehe – nach dem, was gestern Abend war.

| *Sana-Freundin <3*

SANA: Seid gegrüßt, teure Freundin.
Wie ist Euer Befinden?

ICH: Lass das bitte.

SANA: Was ist los?
Hast du dir gestern Abend eine lange Predigt von Papa angehört?

ICH: *knurr*

SANA: Ein Jammer, dass du dich schon so früh hast abholen lassen. Du hast das Wesentliche verpasst.

ICH: Ja? Hast du endlich rausgekriegt, ob Emma Daniels lesbisch ist?

SANA: Mannomann.
Jetzt hör doch auf, immer alles auf Emma Daniels und ihr Sexualleben zu beziehen. Ich hätte dich für weniger altmodisch gehalten.
Aber nein. Keine Bestätigung, aber eins kann ich sagen …
Unterm Strich hat sich der gestrige Abend gelohnt. Einerseits die Zusage von Denver und andererseits war ich mit Emma zusammen.

ICH: Also, was ist passiert?

SANA: Moment …
Weißt du es nicht mehr?

ICH: Liv.
Kodiak.
Zu viel Alkohol.
Geknutscht mit …
Igitt.
Okay, nein, ich glaube, ich hätte mich nicht dran erinnert.
Selbst wenn ich da war.

SANA: Ich habe vielleicht deinen Typen angebrüllt?

ICH: Können wir Fletcher bitte nicht so nennen?

SANA: Ich rede doch nicht von Fletcher, du Dummi.
Ich rede von Kodiak.

ICH: SANA!
Schwör mir, dass du nichts Dummes gesagt hast.

SANA: Ich habe nichts Dummes gesagt.

ICH: Schwör, dass du nichts über mich gesagt hast.

SANA: Das kann ich nicht.

ICH: WAS HAST DU GESAGT?

SANA: Weil er Liv zu einer Party angeschleppt und sie dir so vor die Nase gehalten hat. Und zu guter Letzt habe ich ihn gefragt, wie er auf die Idee gekommen ist, so mit dir herumzuspielen.

ICH: SANA!
Ich kann nicht fassen, dass du das gemacht hast.
Das ist so peinlich!
Das hast du vor Liv gesagt?

SANA: Ich dachte, du möchtest Danke sagen.
Und nein.
Sie ist dreißig Sekunden nach dir gegangen.
Ungefähr zu dem Zeitpunkt, als Kodiak sich mit Fletcher prügelte, weil er dich geküsst hat.

ICH: Moment.
Du warst sauer auf Fletcher, weil er mich geküsst hat?

KODIAK: Ich weiß gar nicht, wovon du redest.

ICH: Sana hat gesagt, du hättest dich mit ihm geprügelt.
Warum?

KODIAK: Nichts.

ICH: Aber warum?

KODIAK: Weiß ich nicht.
Ich war sauer auf ihn.

ICH: Warum warst du sauer auf ihn?

KODIAK: Bitte.
Können wir das nicht lassen?
Ich war eigentlich eher sauer auf mich.
Also habe ich es an ihm ausgelassen.

ICH: ...
Warum?

KODIAK: Weil.

ICH: Sag's mir.

KODIAK: Ich war sauer, dass ich nicht derjenige war.
Okay?
Aber das ist jetzt egal, oder?
Du interessierst dich für ihn, ja?

ICH: Was ist mit Liv?

KODIAK: Was soll mit ihr sein?

ICH: Ich habe gehört, was du gestern Abend
zu ihr gesagt hast.
Dass die Tür offen steht?

KODIAK: Oh.
Ja.
Es ist nicht das, was du denkst.
Ich habe mit ihr über dich geredet.

Es ist wie spazieren gehen
um Mitternacht im Sommer.
Es fühlt sich an wie Nacht
und überall sonst
würde es aussehen wie Nacht.
Aber in Alaska
sieht es nach Mittag aus.

Die Sonne steht hoch über den Bergen
und Leute radeln die Straße herunter.
Ein Imbissverkäufer an der Ecke
ist noch wach
und verkauft Rentierwürstchen.

Es fühlt sich nie ganz richtig an
und ergibt wenig Sinn.
Kodiak sagt mit Worten,
wir sollten uns nicht küssen.
Aber er will auch nicht,
dass mich ein anderer küsst.

Ich bin so wütend.
So müde.
Warum tun Menschen,
was sie tun,
anstatt zu sagen,
was sie fühlen?

Diesmal bin ich diejenige,
die anklopft
an Moms Tür.

Sie legt Wäsche zusammen.
Marie-Kondō-Style.
Kleiderstapel nach Farben,
Größen,
und Art sortiert.

»Ich muss wissen warum.
Warum hast du mit Jack geschlafen,
wo du doch Dad geliebt hast?«

Warum habe ich Fletcher geküsst,
wo ich doch Kodiak mag?

Sie hält den Atem an,
presst eins von Dads Hemden
ans Herz.
»Ich weiß nicht.«

Das ist wohl die Antwort.
Sie weiß es nicht.
Und ich auch nicht.

Wir sind wohl doch nicht so verschieden.

Von: Vidya Nadeer <nadeer.vidya@tchs.edu>
An: Cordelia Koenig <koenig.cordelia@tchs.edu>
Betreff: Texte

Cordelia,

mir fehlen Deine zwei letzten Lyrik-Arbeiten.

Außerdem möchte ich mich erkundigen, wie es mit Deinem Projekt läuft und ob Du Unterstützung brauchst. Ich würde gerne sehen, woran Du gearbeitet hast, damit ich Dir helfen kann, aus Deinem Projekt das Beste herauszuholen. Wenn Du etwas brauchst, lass es mich wissen. Bitte hör auf mich und mach Dein Projekt nicht erst in letzter Minute fertig.

Vidya Nadeer

Wenn ich Mist baue
und nicht mein Bestes gebe,
könnte Ms Nadeer mich durchfallen lassen.

Wenn sie mich durchfallen lässt,
bedeutet meine Aufnahme im College gar nichts
und ich kann nächstes Jahr nirgendwohin,
weil ich keinen Highschool-Abschluss habe.

Ich sage mir,
es gibt Wichtigeres
als Highschool,
aber eigentlich
ist das schon wichtig.

Ich muss zu meinem Projekt zurück.
Ich muss wissen, welcher Teil mich bestimmt:
Jack.
Diese Sache mit Kodiak.
Lyrik.
Selbst wenn es mich aus der Bahn wirft.

GENEQUEST

KOMMUNIKATION IN DER GENETISCHEN FAMILIE

An: Jack Bisset *(online)*
Von: Cordelia Koenig *(online)*

Tut mir leid, dass ich mich dieses Wochenende nicht gemeldet habe.

Ich habe viel nachgedacht. Mit Dir zu reden, von Dir zu erfahren, war fantastisch. Ich habe immer geglaubt, an mir stimmt etwas nicht, dass ich fehl am Platz bin, und ich habe echt den Eindruck, Du verstehst das. Die ganze Zeit habe ich versucht, mich meiner Familie anzupassen – vielleicht, weil es so einen großen Teil in mir selbst gibt, zu dem ich keinen Zugang hatte. In Wirklichkeit läuft alles immer wieder darauf hinaus, dass ich nicht gewusst habe, dass Du mein Vater bist.

Ich glaube, wenn wir uns treffen würden, würde es mir irgendwie besser gehen.

Als könnte ich ein Kapitel in meinem Leben endlich aufschlagen.

Was meinst Du? Können wir uns treffen? Könntest Du hierherkommen?

Cordelia

Er antwortet nicht.
Eine Stunde.
Dann zwei.
In der dritten
lasse ich alles stehen und liegen
und checke sein Instagram.

Mein Finger schwebt über dem »Folgen«-Knopf,
als wollte ich ihn erreichen,
damit er antwortet,
bevor ich mich selbst wieder
melden muss.

Ich möchte hören, dass mein Telefon pingt.
Dringender als alles andere.
Es spielt keine Rolle, dass Sana schreibt
oder Kodiak mir eine Nachricht schickt
mit Texten,
die ich lesen soll.
Ich möchte nur, dass Jack
Ja sagt.
Ich drücke »Folgen«
und sofort folgt er auch mir.

Die besten Storys stehen nicht auf Instagram.
Die habe ich im Kopf.
Wie damals, als ich klein war
und unbedingt meine Lieblingsband live sehen wollte.
Er kannte einen Typen,
der Freund eines Freundes,
der mit ihm ein Album aufgenommen hatte.

Er nahm mich mit.
Ich war so klein, dass ich die Menge
nicht überblicken konnte.
Aber er trug mich auf den Schultern
und bei meinem Lieblingslied
kitzelte ich ihn hinter den Ohren.
Er tat so,
als ließe er mich fallen,
und ich schrie.

Wir lachten
und lachten
und lachten.

Nie werde ich sie vergessen,
diese Erinnerung,
die es nicht gab.

| @Jack_Bisset_band

ICH: Hey.

JACK: Hi.
Tut mir leid, dass ich noch nicht geantwortet habe.

ICH: Verstehe schon.
Das überfordert dich jetzt, oder?
Vielleicht hätte ich noch eine Weile warten sollen,
bevor ich frage.

JACK: Nein.
So ist es nicht.
Zu dir raufkommen wäre schwierig, weißt du?
Ich bin weggegangen und hätte nie gedacht,
dass ich jemals zurückkommen würde.

ICH: Verstanden. Tut mir leid.

JACK: Hör zu.
Es muss dir nicht leidtun.

ICH: Ich möchte nicht, dass es irgendwie peinlich wird. Ich bin froh, dass ich dich kennenlerne.

JACK: Ich bin auch froh. Und ich möchte dich treffen.
Ich habe viel darüber nachgedacht, wie das aussehen könnte.

ICH: Was glaubst du, wie es aussehen würde?

JACK: Na ja.
Wenn du hierherkämst, würden wir den Tag auf dem Pike-Place-Markt beginnen.
Warst du da schon mal?

ICH: Nein!

JACK: Dort würden wir hinfahren und uns die Mole ansehen.
Da steht auch diese widerliche Kaugummi-Wand, die solltest du dir anschauen.
Kinder finden sie toll.
Vor ein paar Jahren habe ich da mal mit einer Band, mit der ich gearbeitet habe, ein Fotoshooting gemacht.

ICH: Das klingt gut.

JACK: Dann würden wir im Beecher's Cheese Mittag essen.
Und ich würde dir den allerersten Starbucks zeigen.

ICH: Kaffee aus Leidenschaft!

JACK: Ich würde dich mit in mein Studio nehmen.
Dir zeigen, wie es aussieht.
Und wie es funktioniert.

ICH: Und wenn ich das machen könnte?
Nach Seattle kommen?

JACK: Das wäre fantastisch.

ICH: Ich habe im Moment genug Geld auf meinem Konto. Ich habe mir eben die Ticketpreise angesehen.

JACK: Ach, Kleines, ich weiß nicht.

ICH: Warum? Willst du mich nicht kennenlernen?

JACK: Doch, schon, aber es ist kompliziert. Hast du mit deiner Mutter darüber geredet? Und dein Dad … würde ihn das nicht verletzen?

Würde ihn das nicht verletzen?

Ich kann nicht sagen,
dass er nichts davon weiß.

Oder seit wann interessierst du dich für seine Gefühle?

Der Mann, der achtzehn Jahre
bei mir war,
und meine Hand gehalten hat,
und mir Fahrrad fahren beibrachte,
meine Wehwehchen wegküsste,
und mir »Der Sturm« vorlas,
bis ich eingeschlafen war,
der mich abholte,
wenn ich betrunken war,
der mich liebt,

weiß nichts davon.

Was mir entgangen wäre, wenn Dad nicht mein Dad wäre:

- Jährliches Shakespeare-Festival. Wir beschweren uns alle, dass wir hingehen müssen, aber insgeheim finden wir es toll.
- Seine übliche »Mach das Frühstück zum Abendessen«-Mahlzeit. Die allerbeste.
- Seine ganzen Witze und Zitate.
- Sein Radio-Podcast-Marathon.
- Iris.

| @Jack_Bisset_band

JACK: Cordelia.
Weiß dein Dad davon?

ICH: Nicht so richtig.
Aber kein Problem.
Es wäre okay, wenn wir uns treffen würden.
Meiner Mum wäre es egal.
Wir würden es schon hinkriegen.

JACK: *Nachricht nicht erhalten.*

ICH: Jack?

JACK: *Nachricht nicht erhalten.*

ICH: Was ist los?

JACK: *Nachricht nicht erhalten.*

Er hat mich geblockt.

Der Mann,
dessen Blut ich teile,
hat mich geblockt.

Ich zittere,
meine Finger so eng
um das Telefon gekrampft,
dass ich fürchte,
das Display könnte bersten.

Mein Herz
fällt tief.
Das widerlich dumpfe Geräusch,
als es auftrifft,
zu tief,
um zu schreien.

warum
Warum
WARUM

Vor meinem Fenster
auf der Straße im Hof
liegt Laub,
zusammengepresst,
übrig geblieben
vom letzten Herbst.

Letztes Jahr war es leuchtend orange,
bevor Schnee und Eis kamen.
Jetzt hat es eine modrig-braune Farbe
wie meine Haare.

Ich weine sanfte Tränen,
wünsche mir den Winter zurück,
als Dad hereinkommt
und mich in den Arm nimmt,
ohne zu reden,
ganz lang.

Wie beschissen ist das denn?

Dad hält mich im Arm,
lauscht meinem Schluchzen,
trocknet meine Tränen,
weil mein biologischer Vater,
der, von dem Dad nichts weiß,
mich geblockt hat.

Hat Dad Mom getröstet, als sie Jack verließ?
Hielt er sie auch so im Arm,
geduldig und sanft?

Und als er sie fragte, was los war,
belog sie ihn so, wie ich es tat, und sagte:
»Es geht nur um dieses Projekt.
Es ist einfach zu schwierig.«

Ich habe mir nie vorgestellt
oder gedacht,
dass es so sein würde.

Wie konnte ich wissen,
in was ich hineinstolpere?
Von wem ich erfahren würde?

»Ach, Kleine.«
Er streicht mir die Haare
aus dem Gesicht.
»Warum redest du nicht mit Bea?
Ich weiß ja, wie sie manchmal ist,
aber sie meint es gut.
Sie war völlig verzweifelt
bei ihrer Abschlussarbeit.«

»Das hier ist anders,
ich schwöre.«

»Ist es nicht.
Sich selbst zu finden
ist hart,
egal, was du erfährst.
Ich versuche noch immer,
mich selbst zu finden.

In jedem Stück, das ich lese.
In jedem Buch, das ich verschlinge,
jeder Stunde, die ich unterrichte.
Ich suche nach einer Antwort
auf eine Frage,
von der ich nicht weiß,
wie ich sie stellen soll.
Das gilt auch für Mom.
Sie sucht auf ihre Art
nach sich selbst.
Rede mit ihr.
Sie würde gern mit dir reden.«

»Ich kann nicht.«

»Wie kommt es, dass alle meine Mädchen
gegen ihre Mutter kämpfen?
Eines Tages wird sie eure Freundin sein.«

Masken, die ich derzeit trage:

- Schulmaske, die ausdrückt, dass es mir gut geht. Ich bin bereit für den Wechsel aufs College und habe keine Angst.

- Jackmaske, die ausdrückt, dass ich erwachsen und gelassen bin und bereit, ihn zu treffen.

- Dadmaske, die ausdrückt, dass ich nicht jeden Tag daran denke, dass er nicht mein richtiger Vater ist.

- Sanamaske, die ausdrückt, dass ich nie irgendetwas vor ihr geheim gehalten habe.

- Kodiakmaske, die ausdrückt, dass ich ihn verstehe. Es ist alles okay. Ich bin erwachsen. Ich spiele solche Spiele dauernd.

ICH: Können wir reden?

BEA: Klar.

ICH: Aber du regst dich nicht auf oder tust so, als wäre ich ein kleines Kind und wüsste nicht, worüber ich rede.

BEA: Ich weiß nicht genau, was du damit meinst.
Aber gut.

ICH: Ich habe Probleme mit meinem Projekt.
Dad sagt, du hättest auch Probleme gehabt.

BEA: Hatte ich auch.
Ich fand es schwierig, mich in Leuten zu finden, die nicht wirklich existieren.
Die meisten sind nur Namen ohne Gesichter.
Also habe ich mich immer mehr hineingekniet.
Ich war wie besessen.
Ich war eigentlich nur noch auf GeneQuest und AncestorHunt unterwegs.
Aber als ich herausgefunden hatte, dass wir mit Emmeline Pankhurst verwandt sind, ergab plötzlich alles einen Sinn.

ICH: Da dachtest du, was du gefunden hast, ist prägend für dich?

BEA: Hundertprozentig.

ICH: So sehr, dass es dich verändert hat?

BEA: Ganz klar.
Ich denke, es hat mich dazu gebracht, mich mehr mit Feminismus zu beschäftigen.
Das ist jedenfalls ein wesentlicher Grund dafür gewesen, dass ich mich für Brown entschieden habe.
Die haben ein unglaublich gutes Programm in Frauenwissenschaft.

ICH: Aber du hast dein Hauptfach gewechselt.

BEA: Ja.
Hab ich.
Ich möchte nicht den Rest meines Lebens an der Uni verbringen.
Und Finanzen geben mir später mehr Sicherheit.
Wie könnte man eine bessere Feministin sein als dadurch, dass man seine Karriere selbst in die Hand nimmt?

ICH: Ja, verstehe ich.

BEA: Es ist einfach so.
Du hattest immer diese Verbindung zu Dad, oder?

ICH: Habe ich?

BEA: Klar.
Du hast diese dichterische/künstlerische Ader.
Und ich hatte immer die Verbindung zu Mom – sie ist auch so eine »Lasst mich mal kurz die Welt übernehmen«-Frau.
Wir sind beide Workaholics.
Sehr Emmeline Pankhurst in manchen Sachen.

ICH: Aha.

BEA: Aber von Dads Seite her, sind wir übrigens mit Emily Dickinson verwandt.
Ach Mensch, hast du es überhaupt auch mit der AncestryHunt probiert oder hast du nach der ethnischen Herkunft aufgehört?

ICH: Wohl eher Letzteres.
Was hat Iris von unseren Eltern?

BEA: Ich glaube, sie hat ein bisschen was von beiden.
Ist dir aufgefallen, dass sie mit niemandem ein Wort redet, wenn sie sauer ist?
Wie Mom?
Aber sie hat Dads Sinn für Humor.

ICH: Was, wenn du all das nicht aus deinem Projekt erfahren hättest?
Was, wenn das, was du erfahren hast, alles verändert hätte, was du wusstest, aber auf ungute Weise?

BEA: Was meinst du?

ICH: Keine Ahnung. Tut mir leid.
Mir geht's heute Abend einfach nicht so gut.
Wir sprechen uns bald. Okay?

BEA: Okay.

Nein.
Du
bist verwandt mit Emily Dickinson.

Ich bin verwandt mit einem Mann
in Seattle,
mit Tätowierung
und Gitarre,
und einer langen Geschichte,
der nicht mit mir reden will.

Meine kreative Ader
entspringt einem anderen Fluss.
Wie ein Hochstapler
treibe ich zur Mündung
eines Flusses,
dem ich nicht angehöre.

Von: Vidya Nadeer <nadeer.vidya@tchs.edu>
An: Cordelia Koenig <koenig.cordelia@tchs.edu>
Betreff: Konferenz

Cordelia,

ich möchte ein paar Dinge mit Dir klären.

Zunächst einmal stelle ich gerade eine Liste mit Schülern zusammen, die in zwei Wochen mit mir zur Konferenz fahren. Hast Du darüber nachgedacht, ob Du mitmachen willst? Ich bin mir sicher, dass es Dir Spaß machen würde, und wir hätten Dich sehr gerne dabei. Ich hänge die notwendigen Formulare an diese E-Mail an, nur für den Fall.

Außerdem – wie läuft es mit Deinem Projekt? Hast Du meine letzte E-Mail bekommen? Ich habe versucht, dich gestern nach dem Unterricht zu erwischen, aber Du bist in letzter Zeit immer so schnell weg. Ich vermisse unsere Pausengespräche über Deinen derzeitigen Lesestoff. Mir ist klar, dass solche Projekte schwierig sein können, und ich möchte sicher sein, dass Du jede Hilfe bekommst, die Du brauchst. Bitte lass mich wissen, wie ich Dir zur Seite stehen kann.

Vidya Nadeer

Dokument im Anhang: konferenzgenehmigung.doc
Dokument im Anhang: konferenzeinwilligung.doc
Dokument im Anhang: konferenzablaufplan.doc

Fortschritt: sich vorwärts bewegen.

Ich bewege mich vorwärts
und rückwärts
gleichzeitig.

Stapfe über einen schneebedeckten Berg,
nur um festzustellen:
Es gibt keinen sicheren
Rückweg.

ICH: Okay.
Wir müssen uns treffen.
Nicht so ein Treffen-Treffen.
Sondern Essen-und-Lyrik-Treffen.

KODIAK: Ist das die Nerd-Version von Netflix und Chillen?

ICH: Ich meine es ernst.
Ms Nadeer hat mich gestern Abend angeschrieben.
Sie fragt, wie weit ich bin.
Und ich habe immer noch nichts für das Projekt geschrieben.

KODIAK: Du hast doch was geschrieben.
Was ist mit den Gedichten, die du mir gezeigt hast?

ICH: Na ja.
Ich werde ja nicht in meinem Abschlussprojekt schmutzige Familienwäsche waschen.
Kann ich rüberkommen und die Texte mit dir zusammen überarbeiten?
Also jetzt gleich?

KODIAK: Ich dachte schon, du würdest nie fragen.

Ich habe Kodiaks Eltern seit Monaten nicht gesehen,
aber es fühlt sich an wie gestern,
dass unsere Familien
sich so häufig
getroffen haben,
dass wir keine Fragen stellen mussten
wie etwa
»Wie ist es dir ergangen?«.

Seine Mom drückt mich,
warm und ein bisschen zu lang.
In mir verkrampft sich alles.
Sie weiß vielleicht mehr über mich,
als ich möchte.

»Wir brechen auf«, sagt sie,
klimpert mit Schlüsseln
und schwenkt eine Wasserflasche.
»Zehn-Kilometer-Lauf.
Benehmt euch.«

Kodiak zieht sich die Mütze über die Ohren,
verdreht die Augen in Richtung Treppe
zu seinem Zimmer.
Ich soll ihm folgen.

Dinge, die mir durch den Kopf gehen:

- Ich werde gleich in Kodiaks Zimmer sein.
- Mit ihm.
- Und seine Eltern sind weg.
- Was hat er damit gemeint, dass er wütend auf sich selbst ist?
- Wird er versuchen, mich zu küssen?
- Will ich ihn denn küssen? (Na klar.)
- Mein Herz kennt ihn bereits.
- Auch wenn alles so verfahren ist, ich kenne ihn.

»Sie haben wohl Vertrauen zu dir.
Jede Menge.«
Kodiak deutet nach oben.
Der Knall, mit dem seine Mutter die Tür hinter sich schließt,
dröhnt durch das ganze Haus
und mir wird plötzlich bewusst,
dass meine Haut kribbelt.
»Sie haben mich nie mit einem Mädchen
allein gelassen.
Schon gar nicht seit letztem Jahr.
Liv und ich …«

Er wirft einen Blick auf die Couch
in der Ecke seines Zimmers,
erinnert sich wohl daran, wie
er und Liv verschlungen
waren, so wie er
die Gitarre schlägt.

Liv war widerspenstig,
wild,
unvermeidbar.
Sie füllte einen Raum aus,
mit ihrer lauten Stimme,
mit ihren lila Haaren.
So füllte sie auch sein Herz aus.

Ich werde nie
das Mädchen sein,
das einen Raum ausfüllt.

Kodiak sieht wohl, dass sich in mir etwas ändert.
Er beugt sich vor, legt eine Hand auf mein Knie
und flüstert:
»Was ist los?«

Mein Herz.
Auch ich möchte frei sein.
Wild und widerspenstig, wie es hätte werden können,
wenn mein »Vielleicht«-Leben sich erfüllt hätte.

Ich bin die Sicherheit müde,
die Rettungsweste.
Ich bin es müde, das Richtige zu tun.

Spiele Momente in meinem Kopf durch,
frage mich, ob Kodiak
jene andere Cordelia lieben würde,
die mit Jacks Gitarre im Arm aufgewachsen ist,
anstatt mit Shakespeare-Zitaten.

Nur für heute
möchte ich das Mädchen sein,
das anders aufgewachsen ist:
widerspenstig.
Furchtlos.
Frei.

Ich wende mich Kodiak zu.
Ich ziehe ihn an mich
und presse meine Lippen auf seine,
bevor ich an all die Gründe denken kann,

warum
ich
das
nicht
tun
sollte.

Kodiak küssen
ist, als schlüge man ein Buch auf.
Wie seine Unterlippe
ein kleines bisschen nach unten fällt,
als hätte ich sein Rückgrat
entzweigeküsst.

Dann gleiten meine Finger
über seinen Arm,
kitzeln die Oberfläche seiner Haut,
als würde ich meinen Weg nachverfolgen.

Wie sich sein Rhythmus beschleunigt,
mein Puls hämmert
gegen seine Hand –
Herzklopfen,
Gedankenrasen,
direkt zu jener Stelle im Buch,
an der ich die Nacht durchmachen will,
gefangen in seinen Seiten,
bis nichts übrig ist.

Das Lesezeichen setzt er jedes Mal,
wenn er zum Luftholen auftaucht,
atemlos,
mein Mund angeschwollen
von den Bartstoppeln in seinem Gesicht,
auf seinem Bett, verschlungen wie eine Brezel.

Er reißt sich los,
küsst meine Wimpern

und sagt: »Du überraschst mich,
Cordelia Bedelia.
Du überraschst mich immer wieder.«

GENEQUEST

KOMMUNIKATION IN DER GENETISCHEN FAMILIE

An: Jack Bisset *(Adresse unbekannt)*
Von: Cordelia Koenig *(online)*

Jack!
Ich glaube, ich bin ein bisschen ausgerastet, und es tut mir leid.

Es ist sonderbar. Ich habe ein Leben lang gedacht, ich müsste so sein, wie ich bin, weil ich eben so aufgewachsen bin. Jetzt ist es so, als hätte ich eine ganz neue Seite an mir entdeckt und ich möchte mehr wissen. Ich habe das Gefühl, wenn ich Dich kennenlernen würde, dann könnte ich mir manche Dinge erklären, über die ich mir immer Gedanken gemacht habe. Ich bin nicht sauer, weil Du mich auf Instagram geblockt hast. Ich verstehe das. Ich hätte von Anfang an ehrlich sein sollen.

Bitte, denk noch mal über ein Treffen nach!
Cordelia

GENEQUEST

KOMMUNIKATION IN DER GENETISCHEN FAMILIE

An: Cordelia Koenig *(online)*
Von: GeneQuest *(donotreply@genequest.com)*

Die folgende E-Mail konnte nicht gesendet werden.
Der Nutzer existiert nicht mehr.

An: Jack Bisset (Adresse unbekannt)
Von: Cordelia Koenig (online)

Jack!
Ich glaube, ich bin ein bisschen ausgerastet, und es tut mir leid.

Es ist sonderbar. Ich habe ein Leben lang gedacht, ich müsste so sein, wie ich bin, weil ich so aufgewachsen bin. Jetzt ist es so, als hätte ich eine ganz neue Seite an mir entdeckt und ich möchte mehr wissen. Ich habe das Gefühl, wenn ich Dich kennenlernen würde, dann könnte ich mir manche Dinge erklären, über die ich mir immer Gedanken gemacht habe.

Ich bin nicht sauer, weil Du mich auf Instagram geblockt hast. Ich verstehe das. Ich hätte von Anfang an ehrlich sein sollen.

Bitte, denk noch mal über ein Treffen nach!
Cordelia

ICH: Du hast tatsächlich dein GeneQuest-Konto gelöscht?

Sana-Freundin <3

ICH: Endlich, ich schreibe wieder!

SANA: Ach ja? Wolltest du mich etwa damit überraschen, dass du ein Exposé für dieses dämliche Projekt schreibst?

ICH: Ähm. Nein. Gedichte.

SANA: Im Ernst.
Du hattest recht. Maddy ist wirklich eine große Hilfe beim schriftlichen Teil.
Sie will, dass ich heute noch das Exposé schreibe.
Kein Scheiß.
Und mein Schützling drei Häuser weiter zieht weg.
Also kein Schützling mehr.

ICH: O Mann.
Was willst du jetzt tun?

SANA: Keine Ahnung.
Ich bin aufgeschmissen.
Es sei denn …
Vielleicht könntest du Iris bitten, rüberzukommen und mit mir ein paar Videos aufzunehmen. Ich glaube, mir fehlen nicht mehr viele.

ICH: Ja. Klar.

SANA: Was hast du heute so gemacht?
Also, während du mir nicht bei meinem Projekt geholfen hast?

ICH: Ich bin bei Kodiak gewesen.

SANA: Klar bist du. *Zwinker-Emoji*.

ICH: Jetzt komm.
So ist das nicht.
Er ist mein Partner.

SANA: Na klar. Verstehe.
Wenn Emma Daniels auf die Idee käme, an meine Tür zu klopfen, würde ich auch über sie herfallen.
Jetzt wo du nicht … beschäftigt bist, willst du rüberkommen und mit mir zusammen was arbeiten?

ICH: Klar! Ich bin sofort da.

| *Kodiak Jones*

KODIAK: Also, das war jetzt ein völlig unergiebiges Arbeitstreffen.

ICH: Waaas?!
Ich fühle mich unglaublich inspiriert.

KODIAK: :)

ICH: Ich schreibe gerade.
Ein richtiges Gedicht.

KODIAK: War es in letzter Zeit so schwierig?

ICH: Ja.
Als wäre ich stecken geblieben.
Als wäre vor dem, was jetzt ist, alles, was ich schrieb, nur Gefühlskram.
Emo-Teenager-Kram.
Aber diese Sache mit meiner DNA – die ist größer.

KODIAK: Wenn mir das passieren würde, weiß ich nicht, was ich täte.

ICH: Es fühlt sich jedenfalls wie eine Lebenskrise an.
Frage: Hast du das Gefühl, dass deine Abstammung dich geprägt hat?
Oder die Art, wie du aufgewachsen bist?

KODIAK: Meine Situation ist ganz anders.

ICH: Ich weiß.
Antworte einfach.

KODIAK: Ja, schon.
Zumindest von der Seite meiner Mutter.
Das sind Tlingit.
Meine Vorfahren haben diese gemeinsame Geschichte. Eine richtige Geschichte.
Viele Geschichten.
Mein ganzes Projekt dreht sich im Grunde darum, wie diese gemeinsame Geschichte über die Generationen weitergegeben wurde. Und ich versuche, sie in einer neuen, modernen Form lebendig zu halten.

ICH: Und wenn du diese ganzen Geschichten gar nicht kennen würdest?
Wäre das nicht traurig?

KODIAK: Ja, schon.

ICH: Ich möchte meinen Dad kennenlernen.

KODIAK: Verstehe ich.

ICH: Es ist schwer, weil ich weiß, dass er sich auch davor fürchtet.
Und weit weg. In Seattle.

KODIAK: So weit ist das doch nicht.

ICH: Es ist jedenfalls so weit, dass es ein Problem wird.
Mein DAD Dad weiß nichts davon, du erinnerst dich?

KODIAK: Okay.
Ich bin mir nicht sicher, ob ich das sagen soll.
Nur weil ich schon die ganze Zeit versuche, meine eigenen Scherereien auf ein Minimum zu reduzieren. Und das kann die Sache jetzt in jeder Hinsicht noch komplizierter machen.
Aber dir ist klar, dass die Lyrik-Konferenz in Seattle stattfindet, oder?

ICH: Im Ernst?

KODIAK: Liest du die E-Mails von Ms Nadeer überhaupt noch?

ICH: Hm, ja, sollte ich wohl tun.

KODIAK: Also, wenn ja, dann solltest du dich ein bisschen beeilen.
Die Deadline für die elterliche Genehmigung und die anderen Dokumente ist morgen.

Schwester Bea

BEA: Hey.

Hallo?

Okay. Ich nehme an, du redest nicht mit mir?

Wenn du das liest, ruf mich an.

Von: Cordelia Koenig <koenig.cordelia@tchs.edu>
An: Vidya Nadeer <nadeer.vidya@tchs.edu>
Betreff: Re: Konferenz

Liebe Ms Nadeer,

bitte planen Sie mich fest für die Konferenz ein. Ich fülle heute Abend die Formulare aus und sorge dafür, dass Sie sie gleich bekommen. Der Lyrik-Wettbewerb am Ende klingt zwar verlockend, aber ich glaube, ich habe dafür nichts richtig fertig.

Ich schicke Ihnen auch ein paar von den Gedichten, an denen ich in letzter Zeit gearbeitet habe. Es ist nicht viel, aber mehr habe ich nicht. Ich versichere Ihnen, dass ich mit dem Projekt meine besten Arbeiten einreichen werde; es wird auch rechtzeitig fertig.

Herzliche Grüße
Cordelia Koenig

ICH: Ich komme nach Seattle – aus einem ganz anderen Grund. Ich würde dich immer noch gerne treffen, wenn du dazu bereit bist.
Bitte sag Bescheid.

| ***Sana- Freundin <3***

ICH: Okay.
Wenn ich nach Seattle komme, muss ich mir mal deine Internet-Stalking-Künste leihen.

SANA: Oh, Schätzchen.
Wenn du auch nur eine Sekunde lang glaubst, ich habe nicht schon längst jeden Scheiß über Kodiak aus dem Internet rausgepresst, dann spinnst du.

ICH: Was?

SANA: Moment.
Das ist gar nicht derjenige, den ich für dich stalken soll?

ICH: Nein …
Aber was hast du rausgefunden?

SANA: Moment.
Nur wenn wir das Wort »stalken« nicht mehr benutzen.
Ich werde meinen Traum vom Leben als Meisterdetektivin nie verwirklichen, wenn ich nicht aufhöre, das Wort »stalken« zu benutzen. Ich muss mich legitimieren und »nachforschen« dazu sagen.

ICH: Okay. Forsche nach.

SANA: Also, wen?

ICH: Meinen biologischen Vater.

SANA: Oh Scheiße.

ICH: Allerdings.

SANA: Was willst du denn wissen?

ICH: Adresse?
Arbeitsplatz?
Ich weiß, dass er in Seattle in einem Musikstudio arbeitet.
Aber das ist alles.

SANA: Ähmmmm. Delia?
Das fühlt sich ein bisschen schräg an.

ICH: Ich weiß. Vertrau mir?
Es ist wichtig.

SANA: Kannst du ihn nicht fragen, wo er arbeitet?

ICH: Nein.

SANA: Alles klar.
Komm rüber.
Ich stalke ihn.
Und du kannst mein Projekt machen.

ICH: WENN ICH DAS WORT STALKEN NICHT BENUTZEN DARF, DANN DARFST DU DAS WORT STALKEN AUCH NICHT BENUTZEN.

Hinter den versumpften Fußballfeldern
jenseits des Highways
gesäumt von Mülltüten vom Frühjahrsputz
steht Sanas Trailer,
in dem ich mich zu Hause fühle.

Schön warm
ohne Hitze.
Regentropfen trommeln aufs Dach,
machen Klopfgeräusche,
sie erinnern mich
daran,
dass meine Ohren noch mehr hören,
als nur die Stimme in meinem Kopf, die sagt:
Du passt nicht dazu, du wirst niemals passen.

Sanas Trailer sagt etwas anderes.
Er flüstert:
Du passt perfekt.
In Sanas Zimmer
sitzt du auf ihrem Bett,
nur eine Matratze,
mit Kissen übersät,
auf dem Boden.

Hier
muss ich nicht so tun, als wüsste ich nichts.
Dass ich Bea auflaufen lasse,
wie Jack mich auflaufen lässt.
Oder so tun, als ob Mom nicht gerade kaputtginge,
und abends zu viele Gläser Wein tränke.

Oder so tun, als würde ich nicht sehen,
wie auch Dad auf seinen Teller starrt,
als wollte er den Tisch neu decken
damit wir alle Platz finden.

Sana drückt mich
und flüstert:
»Erzähl's mir, Cordelia.
Ich weiß, es stimmt was nicht.«
Ich drücke sie auch
und mir entströmt
A
L
L
E
S.

Dass ich mit Jack geredet habe.
Dass es sich anfühlt, als hätte mein ganzes Leben
nur zu ihm geführt.

Dass er in dem Moment verschwand, als ich sagte,
ich wolle ihn treffen.
Dass ich wusste, er hatte nur Angst.
Dass er es vielleicht nicht aushalten würde, mich zu sehen,
weil ich das alles ja auch kaum aushielt.

Dass es so wehtat
zu denken, dass er mich aussperren musste,
wo ich ihn doch nur kennenlernen wollte.

Ich erzähle ihr, dass ich ein Ticket nach Seattle habe.
Ich habe die Unterschrift meiner Eltern
auf der Einwilligung gefälscht,
aber ich werde es ihnen noch sagen.
Wenn ich herausfinde, wo Jack wohnt,
kann ich ihn vielleicht sehen, wenn ich da bin.
Dann weiß ich vielleicht, wer ich bin.

Ich erzähle ihr von Kodiak,
dass mein Herz ihn schon kennt,
und dass wir uns küssten
und ineinander verschlangen
und uns berührten
und ich fühlte mich frei.

Lebendig.

Als müsste es genau so sein.
Und obwohl ich weiß, sie sorgt sich um mich
und fürchtet, ich werde verletzt
oder schwanger
oder was auch immer,
will ich das unbedingt.

Und ich weiß, beides ist verrückt:
dass ich Jack treffen will,
dass ich Kodiak will,
aber ich kann es nicht ändern.
Mein Herz ist so
egal wie albern.
Genau.
Das.
Brauche.
Ich.

»Verfickte Scheiße.
Warum hast du mir das nicht schon früher erzählt?«
Sana greift nach meiner Hand.

»Weil«,
sage ich,
»wie hättest du das verstehen sollen?
Ich verstehe es doch selbst nicht.«

»Wenn hier jemand Vaterprobleme hat,
bin ich das.«

»Das ist etwas anderes.
Dein Dad ist gestorben, als du noch klein warst.
Meine Mom hat meinen vor mir
geheim gehalten.«

»Delia«, fängt sie an,
aber ich falle ihr ins Wort.
Ich spüre, wie meine Nase zuschwillt,
Tränen rinnen über meine Wangen
wie die Regentropfen auf ihrem Dach.

»Und die Sache mit Kodiak.
Wenn du glaubst, er ist schlecht,
wie kann es dann sein,
dass ich ihn so sehr mag?«

»Oh, Cordelia.
Meine wunderschöne, liebste Freundin.
Siehst du nicht,

dass es gar nichts damit zu tun hat,
ob ich ihn mag oder nicht?
Im Ernst. Kodiak ist fantastisch.
Ich verstehe das gut.
Aber ich sorge mich um dich.
Ihr seid vielleicht zusammen aufgewachsen,
aber ihr kommt aus verschiedenen Welten.
Und ich fürchte, du siehst nicht,
dass er zwar nicht schlecht ist,
aber trotzdem nicht unbedingt gut für dich.
Aber weißt du,
das gilt nicht nur für Kodiak.
Ich glaube, kein Kerl ist gut genug für dich.«

Verpasster Anruf von Mom: 18.17 Uhr

Verpasster Anruf von Mom: 18.49 Uhr

Nachricht von Mom: Schatz!
Wir müssen reden.
Wo bist du?

Verpasster Anruf von Dad: 18.57 Uhr

Verpasster Anruf von Mom: 19.20 Uhr

Nachricht von Kodiak: Deine Mom sucht dich.
Sie hat meine Mutter angerufen.

Verpasster Anruf von Mom: 19.24 Uhr

Verpasster Anruf von Mom: 19.25 Uhr

Nachricht von Bea: Nicht dass du mir antworten würdest.
Aber Mom hat mich gerade angeschrieben.
Sie macht sich Sorgen.
Ruf sie zurück, wenn du einen Moment Zeit hast.
Und wo wir schon dabei sind, ruf mich zurück.
Ich muss dringend etwas mit dir besprechen.

Verpasster Anruf von Mom:	19.26 Uhr
Nachricht von Mom:	Cordelia. Ich mache mir allmählich wirklich Sorgen.

ICH: Sorry.
Ich war mit Sana unterwegs.
Mein Telefon war stumm gestellt.

MOM: Oh.
Okay.
Du musst nach Hause kommen.
Wir haben eine E-Mail von Ms Nadeer bekommen.
Wir haben angeblich gestern Abend einen Erlaubnisschein unterzeichnet?

ICH: Ich kann das erklären.

Von: Julie Koenig <koenig@aurorarealestate.com>
An: Cordelia Koenig <CordeliaBedelia99@gmail.com>
Betreff: Fwd: Pacific-Northwest-Regionaltreffen junger Dichter

Kommt dir das bekannt vor?

Von: Vidya Nadeer <nadeer.vidya@tchs.edu>
An: Julie Koenig <koenig@aurorarealestate.com>
Betreff: Pacific-Northwest-Regionaltreffen junger Dichter

Liebe Julie, lieber Andrew,

ich freue mich sehr, dass Cordelia sich entschlossen hat, uns zur Konferenz zu begleiten. Ich habe das in diesem Halbjahr mehrfach angesprochen, weil ich mir sicher bin, dass sie davon profitiert. Vielen Dank dafür, dass Sie das Talent Ihrer Tochter fördern und die notwendigen Dokumente so schnell ausgefüllt haben.

In Kürze schicke ich die detailliertere E-Mail zum Inhalt der Konferenz mit einem genaueren Zeitplan unserer Veranstaltungen vor Ort, einschließlich des Poetry Slams am letzten Tag. Aber die Konferenz umfasst ein langes Wochenende. Wir werden am frühen Freitagmorgen abreisen und am späten Sonntagabend zurückkommen.

Herzliche Grüße
Vidya Nadeer

»Hat das mit ihm zu tun?«,
fragt Dad.

Mein Herz schlingert in meiner Brust,
sein Takt in meinen Ohren
wie schmelzende Eistropfen auf dem Pflaster,
bis er hinzufügt:

»Kodiak?«

»Nein.
Nein.
Nein.«
Ich schwöre.
Mom schweigt,
sieht aus dem Fenster.
Dad hat kein Zitat
und er versucht nicht einmal,
einen Scherz zu machen.

»Schatz,
du musst dir klarmachen,
wie das auf uns wirkt.
Seit du dich mit ihm triffst,
hast du dich verändert.
Du vergisst deine Pflichten.
Du betrinkst dich.
Du meldest dich nicht.
Jetzt fälschst du unsere Unterschriften?«

»So ist das nicht.«

»Dann sag uns, wie es ist.
Warum wir dich gehen lassen sollen,
wo du doch deine Lehrerin belogen
und eine Straftat begangen hast?«

Ich bin zu müde, um weiter
meine Rolle zu spielen.
»Ich weiß es nicht, Mom.
Fällt dir ein Grund ein,
warum ich nicht gehen sollte?«

Mom wirft mir einen Blick zu,
kalt, Eiskristalle um die Ränder,
sodass ich einen Moment lang
glauben könnte,
es sei noch Winter.

»Ich bin mir nicht sicher,
was du damit meinst.
Sollen wir dich begleiten?
Ms Nadeer hat gesagt,
es gibt eine Art Poetry Slam?«

Ich sage ihnen, ich trage nichts vor.
Es gibt keinen Grund, mich zu begleiten.

Was ich in ihren Augen sehe,
ist kein Zorn.
Mir wird klar:
Es war nie Zorn.

Es war nie so, dass ich anders war
oder dass sie mich nicht verstanden hat.

Nein, ich war immer nur
der lebende Beweis
ihrer Lüge,
der jederzeit
unser inszeniertes Heim
zerstören konnte.

| *Sana-Freundin <3*

SANA: Mädel. Steckst du zu Hause jetzt ernsthaft in der Scheiße?
Ich fasse es nicht, dass du die Unterschriften gefälscht hast.
Du lässt dich mit einem Rebellen ein.
Besäufst dich am Lagerfeuer.
Du hast dich verändert, Cordelia Ann Koenig.

ICH: Ich weiß nicht, ob ich ernsthaft in der Scheiße stecke.
Im Moment sitze ich in meinem Zimmer und glotze aus dem Fenster auf einen Elch,
während meine Eltern darüber diskutieren,
wie sie mich bestrafen sollen.

SANA: Sie meckern.

ICH: Mein Dad meint, ich hätte mich verändert.

SANA: Siehe oben. Wie ich geschrieben habe.

ICH: Vielleicht ist Veränderung ja etwas Gutes?

SANA: Solange du nicht das verlierst, was dich ausmacht.
Du bist so verdammt fantastisch.
Es würde nerven, wenn du plötzlich nerven würdest.

»Schatz –
wir haben beim Essen lange geredet
und beschlossen, dass wir dich fahren lassen.
In ein paar Monaten
bist du ja schließlich
erwachsen genug,
um solche Entscheidungen
selbst zu treffen.

Aber das muss aufhören.
Das Lügen.
Die Heimlichkeiten.
Wir möchten nämlich
ein Vertrauensverhältnis
zu dir,
auch wenn das bedeutet,
dass du ehrlich sagst,
was du für diesen Jungen
empfindest.«

Und Dad sagt das so sachlich,
weil er es nicht kapiert:
Meine Lügen schaden uns nicht.
Meine Lügen sind unsere Rettung.

Von: Vidya Nadeer <nadeer.vidya@tchs.edu>
An: Cordelia Koenig <koenig.cordelia@tchs.edu>
Betreff: Poetry-Slam-Wettbewerb

Cordelia,

ich freue mich sehr, dass Du Dich dazu entschlossen hast, uns zur Konferenz zu begleiten. Als ich Anfang des Jahres erwähnt habe, dass ich eine Schülergruppe mitnehmen möchte, haben wir ja gerade unsere Lyrikeinheit durchgenommen, und ich habe sofort an Dich gedacht. Du bist ein Naturtalent, was Dichtung angeht, und ich möchte nicht, dass Du Dich unter Wert verkaufst, weil Du meinst, Du bist nicht richtig vorbereitet.

Hör auf meinen Rat: Ich habe viele Gelegenheiten verpasst, weil ich zu ängstlich war, es zu versuchen. Das letzte Gedicht, das Du mir geschickt hast – das über Wurzeln und Laub – war wunderschön. Ich würde mich sehr freuen, wenn Du es beim Slam-Poetry-Wettbewerb vortragen würdest.

Bitte denk einfach noch mal drüber nach.

Beste Grüße
Vidya Nadeer

Sana-Freundin <3

SANA: Also gut.
Ich hab's geschafft.
Zum Teil war es vielleicht nicht ganz legal.
Sprich: gehackt.

ICH: Oh.
Sag mir das nicht.

SANA: Hey.
Du wolltest doch so draufgängerisch sein.
Werd nicht nervös.
Ich versuche nur weiterzukommen.

ICH: Du bist ein Schatz.
Hast du seine Adresse gefunden?

SANA: Na ja.
Das ist so eine Sache.

ICH: Du hast sie nicht gefunden?

SANA: Doch, ich habe eine Adresse.
Aber ich habe mich auch durch Google Maps durchgewurstelt.
Die Gegend, in der seine Wohnung liegt, ist verdammt abgerissen.
Ungefähr 24 Minuten zu Fuß vom Pike-Place-Markt, und das ist in Seattle eine ganze Menge. Oder acht Minuten, wenn du irgendeine Fahrgelegenheit hast.

ICH: Vielleicht sieht es abgerissen aus, weil es in der Innenstadt liegt.

SANA: Quatsch. Ich erkenne Abbruch, wenn ich ihn sehe.

ICH: Er ist Musikproduzent.
Bestimmt ist es von innen total schick.

SANA: Sei vorsichtig.

Informationen zu Jack Bisset
Zusammengestellt von Sana Sasaki
Meister-~~Stalkerin~~Detektivin)

Name: Jack Allan Bisset
Geb.: 9. Juli 1973
letzte bekannte Adresse:
2340 South Jefferson Street, Apartment 240
Seattle, Washington 98104
(aber verdammt abgerissen)
Telefonnummer: 206-555-1232
E-Mail-Adresse: jackbisset73@gmail.com
Instagram: Jack_Bisset_band
Facebook: @jackyboybisset
Beschäftigt bei: Waterfront Studios (nicht bestätigt)
Letzte belegte Anstellung: Rollin' with my Homies Smoke Shop (Ich wünschte, das wäre ein Scherz. Er hat wirklich in einem Head Shop gearbeitet. Aber das ist drei Jahre her. Keine Ahnung, was er seither getrieben hat.)
Regelmäßiger Gast in: Parkhill Bistro (also, wenn ich ehrlich sein soll: die Fotos von diesem Bistro wirken noch dubioser als der Head Shop. Ob du's glaubst oder nicht, da hängt ein BH hinter der Bar und die Decke ist mit Dollarnoten beklebt. Genau die richtige Kneipe für mich).
Er hat jede Menge Fotos in Pike Place gemacht.
Außerdem war er Stammkunde eines Imbisswagens namens Pete's BBQ, aber der ist geschlossen.

Sana-Freundin <3

SANA: Also gut.
Es war nicht einfach.
Ich musste mich tief ins Darknet wühlen.
Ein paar meiner supergeheimen Tricks aus dem Hut ziehen.
Und entgegen besseren Wissens schicke ich dir alle Infos, die ich finden konnte.

ICH: Danke schön.

SANA: Übrigens, hast du Iris wegen der Fußballsache gefragt?

ICH: Mist.
Hab ich.
Aber sie soll mit Mom darüber reden.
Sorry. Lese gerade deine Notizen zu Jack.

SANA: Ziemlich dubios das alles.

ICH: Und du bist sicher, dass es derselbe Typ ist?

SANA: Jep.
Der einzige Jack Bisset im Pazifischen Nordwesten.
Und falls du das nicht erkannt hast: Ich bin nicht hundertprozentig davon überzeugt, dass du diesen Typ besuchen solltest.

ICH: Was du nicht sagst.

SANA: Ich meine, du weißt nicht viel über ihn.
Was, wenn er gefährlich ist?
Also, ich meine – gefährlicher als nur so ein bisschen Unehrlichkeit über seine Arbeitsstelle.

ICH: Er ist mein Vater.
Ich weiß, dass er mich in diesen Dingen nicht angelogen hat.
Vielleicht hast du da ja alte Informationen gefunden.

SANA: Du hast den Typen vor ungefähr zwei Minuten kennengelernt.
Korrigiere: Du hast ihn noch gar nicht kennengelernt.
Er könnte sonst wer sein.
Und denke dran:
Es gibt wahrscheinlich einen Grund, warum deine Mutter dir nichts von ihm erzählt hat.

ICH: Ja, weil mein Vater nicht erfahren soll, dass sie einen anderen gevögelt hat.

SANA: Sei vorsichtig.
Geh nicht alleine los, wenn du diesen Typen suchst.

ICH: Okay.
Mal sehen.

Von: Cordelia Koenig <CordeliaBedelia99@gmail.com>
An: Jack Bisset <jackbisset73@gmail.com>
Betreff: Bitte lesen.

Es ist ein bisschen schräg, gebe ich zu. Aber ich habe Deine E-Mail-Adresse ausfindig gemacht.

Ich war nicht hundertprozentig ehrlich, als ich gesagt habe, dass meine Eltern im Bilde sind. Aber ich bin dieses Wochenende wegen eines Schulausflugs in Seattle und würde Dich immer noch gerne kennenlernen. Und wenn es nur mal beim Mittagessen ist oder so. Und diesmal weiß meine Mutter wirklich Bescheid.

Bitte.
Denk einfach drüber nach.
Cordelia

Ich packe meine Taschen.
Achte genau auf
jedes Outfit.
Es könnte
das Outfit sein,
das ich trage,
wenn ich ihn treffe.
Jack.

Iris wandert ins Zimmer,
prellt einen Fußball
auf ihrem Knie,
das ist nicht erlaubt
in diesem Haus
voller Lügen.

»Sana sagt, sie hat dir geschrieben«,
fängt Iris an,
meine Lüge aufzudecken.
Ich schäme mich so.
Ich habe es vergessen.
Ich habe es vergessen.
Ich habe es total vergessen.
Ich habe sie nie gefragt,
wegen Sana und Fußball.

»Du fehlst mir.«
Iris wirkt so klein.
»Ich bin noch nicht weg.«
Dann legt Iris ihren Ball
auf den Boden

und ihren Kopf
oben auf meinen Koffer,
als würde mich das
ein bisschen länger festhalten.

»Sei nicht sauer.«
Ihre Oberlippe zittert.
»Aber du bist schon lang
nicht mehr richtig hier.
Mir fehlt meine Schwester.«

Ich lasse die vergangene Woche
vor mir ablaufen
und sehe, wie oft
ich sie enttäuscht habe.
Ich habe vergessen, sie abzuholen.
Vergessen, dass auch sie hier ist,
mich beobachtet,
wie ich Mom beobachte,
mit ihren unschuldigen Augen.

Endlich begegne ich ihrem Blick
und werde sanft, tausche den Gepäckanhänger
gegen eine ihrer Haarsträhnen.

»Es tut mir leid, Iris.
Es ist das Projekt.
Es hat alles verändert.«

»Dann änder doch das Projekt.«

Von: Vidya Nadeer <nadeer.vidya@tchs.edu>
An: Cordelia Koenig <koenig.cordelia@tchs.edu>
Betreff: Re: Poetry-Slam-Wettbewerb

Ich bin wirklich der Meinung, dass Du mit Deiner Arbeit einen Beitrag zum Poetry Slam leisten solltest.

Nur zur Information: Du kannst dich bis zuletzt dafür anmelden.

Beste Grüße,
Vidya Nadeer

Von: Cordelia Koenig <CordeliaBedelia99@gmail.com>
An: Sana Sasaki <sasakicentral@gmail.com>
Betreff: Ms Nadeer und ihre wilden Ideen

Also gut, beste Freundin.

Allererste Leserin meiner Texte.

Bescheidenste Kritikerin jedes Gedichts,

Du verstehst schon.

Ms Nadeer will offenbar unbedingt, dass ich bei diesem Poetry Slam in Seattle ein Gedicht vortrage. Ich denke darüber nach, bin mir aber noch nicht sicher. Kannst Du es lesen und mir sagen, was Du denkst? Hat es überhaupt einen Sinn mitzumachen?

Alles Liebe
Cordelia

PS: Iris will Dir mit Deinem Projekt helfen und hat gesagt, sie schreibt Dich demnächst an!

Dokument im Anhang: Abschlussprojektentwurf.doc

Die Check-in-Schalter am Flughafen sind verlassen
so mitten in der Nacht.
Mom steht vor mir,
als wüsste sie nicht, soll sie mich in den Arm nehmen
oder ohrfeigen.

Meine Mitschüler und Ms Nadeer stehen weiter vorn,
werfen ihr Gepäck aufs Förderband.
Ich lasse meine Finger über den Gurt meiner Tasche gleiten
und frage mich,
was ich sagen soll,
wenn überhaupt.

»Wirst du mit ihm zusammen sein?«
Mom kaut an den Ecken ihrer abgenagten Nägel,
ihr Blick wandert von mir
zu Kodiak, der sein Gepäck eincheckt.

Ich sehe ihn an,
wie er seine Tickets ausdruckt,
und er winkt,
ganz offen, ganz Adler.

Ich zucke mit den Schultern
und frage mich,
wie es kam, dass
die Last der Berge,
ihre wachsenden Schatten,
uns erstickten.
Auch wenn ich dachte,
sie würde es nicht verstehen,

konnten wir doch zumindest
miteinander reden.

»Ich meine doch nicht ihn.«
Sie sieht mich an,
wie ich Kodiak ansehe.
»Ich habe nachgeforscht, weißt du.
Er lebt in Seattle.«
Ihre Mundwinkel zucken
und sie streicht sich mit einem blutigen Nagel
über die Lippen.
So schlimm haben sie noch nie ausgesehen.

Er steht wieder zwischen uns. Jack.

»Was meinst du, Mom? Was würdest du tun?«

Die Stimme des Flugbegleiters
knistert über mir.
Ich stecke das Telefon in die Tasche,
ein weiterer unbeachteter Anruf von Bea.
Kodiak schnappt meine Hand
und zeichnet ein Herz in die Handfläche
und eine Sekunde lang
vergesse ich.

Als verbinde er uns
wieder.
Als verwandle er unsere
benachbarten Sitze
in ein Sofa.

Ich flüstere ihm zu,
dass ich mich fürchte,
und er beugt sich herüber,
bis seine Stirn die meine berührt,
und ich spüre
wie sein Atem
meine Lungen füllt,
mich daran erinnert,
zu atmen.

»Diese große Sache
bestimmt nicht über dich.
Nur du allein
bestimmst,
was dich ausmacht,
wer du bist.«

Er irrt sich,
aber ich widerspreche nicht.
Ich lehne meinen Kopf
an seine Schulter,
wo er hingehört
und lausche,
als wir abheben
zu dreieinhalb Stunden Flug,
während er die Worte
rezitiert,
von denen er sagt,
mein Herz
habe sie ihm geschenkt.

Das Letzte, was ich höre,
während ich einschlafe:
das Brummen eines startenden Flugzeugs.
Das Blättern in Kodiaks Notizbuch.
Papier raschelt, als er Heftklammern
aus den Seiten reißt.
Seine ruhige Stimme
schüchtern.

*»Als Adler bin ich geboren,
mein Name steht für den Bären,
aber ich spüre, meine Seele
gehört dem Raben.«*

Wenn man in einem Hotel gefangen ist,
besteht die Welt aus
winzigen Seifen,
winzigen Shampoos,
winzigen Zeitfenstern,
in denen man sich davonschleichen kann.

Da sind die verlegenen Blicke im Aufzug,
verpasste Chancen, mit Mentoren zu reden,
weil du an deinem Frühstück herumpickst,
dich fragst, wie lang dich Ms Nadeer wohl beobachtet,
und ob du in die Jefferson Street gelangst,
bevor es jemandem auffällt.

Ich verpasse den ersten Tag der Konferenz
und alles, was sie sein sollte –
tausche Workshops gegen Landkarten,
Gedichte gegen Nahverkehrspläne,
Menschen mit so viel Leidenschaft, bis ins Mark,
dass man ihre Worte ins Herz einschließen,
sich an ihren Erinnerungen festketten möchte,
gegen einen Menschen,
der mich vielleicht nicht mal sehen will.

KODIAK: Welchen Workshop wählst du als Nächstes?

ICH: Keine Ahnung.
Willst du mit mir schwänzen? *Teufel-Emoji*

KODIAK: Würde ich sehr gerne, aber die nächste Sitzung will ich nicht verpassen.
Da ist eine zu Slam Poetry, die muss ich mir ansehen.
Gerade hatte ich eine Übungsstunde für den Poetry-Wettbewerb.
Ich bin so nervös.

ICH: Ich fürchte, mir läuft die Zeit weg.
Und jede Minute, in der ich nicht versuche, ihn zu treffen, ist eine Minute, in der ich ihn nicht getroffen habe.

KODIAK: Ich weiß.
Aber wir sind gerade erst angekommen.
Ich will nur einfach nicht alles verpassen.
Meine Eltern haben Geld zusammengekratzt,
damit ich teilnehmen kann.
Weißt du?

ICH: Verstehe.
Und du hast recht.
Ich sollte dich nicht bitten, hier wegzugehen.
Es ist nicht deine Angelegenheit.
Vielleicht gehe ich alleine.

KODIAK: Warte.
Wie wäre es morgen?
Wir machen einen Ausflug zum Pike Place
– wohnt er nicht dort in der Nähe?

ICH: Woher weißt du das?

KODIAK: Hast du mir erzählt.
Oder nicht?

ICH: Ich erinnere mich nicht daran.

KODIAK: Du bist bestimmt müde.
Treffen wir uns bei der Slam-Poetry-Sitzung?

ICH: Na gut. Klar.

Sana-Freundin <3

ICH: Hey.

Ich drehe gleich durch.

Ich glaube, ich schreibe an Jack.

Hey.

Bist du da?

Seattle riecht
nach Auspuffgasen
und Kaffee an jeder Straßenecke
und darüber wabert Fischgestank
wie Seward, Alaska,
nur größer.

Und doch,
der süße Duft von Bäumen,
irgendwo hinter der Stadt,
wie ein Nachgeschmack.

Seattle wirkt,
als sei es einst Zuhause gewesen.
Vielleicht kennt mein Herz diesen Ort bereits,
weil Jack ihn Zuhause nennt.

Ms Nadeer balanciert über Randsteine,
zeigt auf Straßenkunst, die ihr gefällt.
Ihre dunklen Augen wirken heller,
hier in der Stadt,
als fühle auch sie sich zu Hause,
so wie ich mich in meiner Lyrik zu Hause fühle
oder wenn ich Kodiaks Gitarre lausche.
Seattle besitzt eine Anziehungskraft,
die ich nicht leugnen kann.
Ich kann sie nicht einmal genießen,
weil ich mich andauernd frage,
ob Jack wohl eine Straße weiter steht
und was geschehen würde,
würden wir uns zufällig begegnen.

Als wir in die Stewart Street abbiegen,
dann in die Post Alley,
sagt sie:
»Als ich nach Seattle kam,
war ich ein junges Mädchen
und der Pike Place
ein Ort der Magie.
Er ist noch immer
mein Lieblingsort in der Stadt.«

Hierher hätte Jack mich geführt,
hätten wir jemals
den Tag bekommen, den wir planten,
so wie wir ihn planten.
Ich fühle mich betrogen,
weil ich weiß,
ich erlebe das nicht
mit ihm.

Kodiak und ich trödeln hinter der Gruppe,
unsere verschränkten Hände zwischen uns,
und ich mustere den Stadtplan
auf meinem Handy.
Ich suche nicht das Ziel unserer spontanen Tour,
sondern Jacks Adresse –
und den Augenblick, in dem ich verschwinde.

Während unsere Klasse zusammensteht
und zusieht, wie Männer schreien
und mit Fischen werfen,
packe ich Kodiaks Hand,
und schlüpfe in eine
geschäftige
wogende Gasse zwischen Marktständen
und Menschen,
die in alle Richtungen gehen.

Wir schleichen uns davon,
küssen uns unterwegs verstohlen,
eine Betontreppe hinunter.
Ein Lächeln kräuselt sich
in seinen Augenwinkeln
und ich höre ihn murmeln –
er versucht, halblaut sein
Gedicht auswendig zu lernen.

»Du machst das bestimmt großartig«, sage ich
und versuche, nicht auf mein Telefon zu sehen.
»Ich brauche die Extrapunkte unbedingt.«

Mir fällt ein, was Sana sagte,
dass sie hörte, er müsse vielleicht
das Jahr wiederholen.
Und als erkenne er,
dass er zu viel gesagt hat,
fragt er: »Bist du bereit?«
Flüsternde Lippen
auf den meinen.

Er hält unten an der Treppe,
direkt vor einer Mauer
über und über voller Kaugummi.
Tausende Farben
füllen jeden Zentimeter.
Es wäre hübsch
wie ein Bild von Jackson Pollock,
wäre es nicht so ekelhaft.

Die Mauer, die Jack
in seiner Nachricht versprach.

Kodiak küsst mich erneut.
Ich möchte den freien Fall wieder spüren,
wie bei unserem Kuss bei ihm zu Hause,
aber mein Magen flattert.
Ich habe keine Zeit.
Ich reiße mich los
und zeige ihm die Adresse
auf meinem Telefon.

»Es ist meine einzige Chance.
Morgen ist Sonntag,
unser letzter Tag.
Heute müssen wir
meinen Vater finden.«

»Du zitterst«, flüstert Kodiak.
»Vielleicht sollten wir das doch nicht tun.«

Er hat recht.
Das Flattern in meinem Magen
erfasst jetzt meinen ganzen Körper,
und in seinem Nachbeben
löst sich meine Seele.

So dicht davor, Jack zu sehen!
Noch fünfundzwanzig Minuten, halb gerannt, von der Kaugummiwand,
dann werde ich ein lebendiges Bild davon haben,
wie mein Vater aussieht.
Ich werde sehen, ob sein Lächeln schief ist
wie meins,
oder ob er lange Ohren hat
und ein einziges Grübchen in der Wange.
Kodiak legt seinen Arm um mich,
zieht mich dicht heran,
wir gehen im Tandem.
In einer Sache täuscht er sich.
Wir müssen das tun.

»Wir müssen das tun.«
Ich mache ein paar Schritte,
bevor mir auffällt,
dass Kodiak angehalten hat.

»Weiß er denn nicht, dass wir kommen?«,
fragt er.

»Er hat auf meine E-Mails
nicht mehr reagiert«,
sage ich.
»Was spielt das für eine Rolle?«

»Das spielt eine Rolle.«
Kodiaks Stimme verändert sich.
Sie ist angespannt
und etwas blitzt in seinen Augen,
das sich wie Zorn anfühlt.

»Nein.«
Ich beiße die Zähne zusammen,
mit einer Stimme, die seinen Zorn erwidert.
»Ich hätte das gestern schon gemacht.
Dann hätte ich es hinter mir.
Ich habe auf *dich* gewartet.

Ich schaffe das nicht ohne dich.«

»Hör zu«, fängt er an.
Nicht mit erhobener Stimme,
aber mit straffen Schultern.
»Ich habe dich die ganze Zeit unterstützt.
Für mich steht viel auf dem Spiel.
Cordelia, ich bin noch auf Bewährung.
Wenn ich erwischt werde …

Ich befürchte,
es wird nicht das sein,
was du erwartest.

Wenn ich mit Liv irgendetwas gelernt habe,
dann das: Man kann eine Beziehung
nicht erzwingen.
Sie ist, was sie ist.«

Wieder fange ich an,
am ganzen Körper zu zittern.
Es steckt zu viel Wahres
in seinen Worten.

»Vielleicht täusche ich mich.«
Ich suche etwas,
was ich ansehen kann.
Die Straße.
Die Schilder.
Den Himmel.
»Aber wenn ich nicht hingehe,
werde ich es nie erfahren.«

Der Zorn in seinen Augen
scheint dahinzuschmelzen.
Er verliert seine Form.
An seine Stelle tritt etwas,
was ich nicht genau erkenne.
Etwas, das mir wohl zeigt,
dass er nun etwas sieht,
was er vorher nicht sah.
»Du hast recht.«

Wir überqueren eine belebte Straße
unsere Schultern zu dicht
an all denen,
die nicht in meine Geschichte
gehören.

Kodiak führt mich jetzt
kopfüber hinein,
als könne er es nicht erwarten,
den Umweg zu beenden,
wo ich doch langsam gehen will.

Wenn ich meinen Dad
zum ersten Mal treffe,
möchte ich mir seinen Geruch einprägen
und wie seine Tätowierung wirklich aussieht,
wie seine Stimme klingt,
ohne das
elektrische Knistern
unserer Telefone.

Als wir die Treppe
zum Apartment 240 emporsteigen
in einem Gebäude, das sich
ganz falsch anfühlt,
erstarre ich.
Mir fällt ein, was Sana sagte:
Ich soll vorsichtig sein.

Ein Baby schreit
hinter der Tür zu Jacks Wohnung.

Im Treppenhaus steht ein Aschenbecher
auf einem abgeblätterten Fenstersims
und mein Magen verkrampft sich:
Der Geruch von kaltem Bier
dringt aus dem Inneren.

Alles verkehrt –
Schnee im Juli,
Halloweengeister im Sommer,
zu früh einsetzendes Tauwetter,
die Bären halten noch Winterschlaf,
sie sind noch nicht wach.

So sollte es nicht sein, wenn ich
meinen Vater kennenlerne.

»Alles in Ordnung?«,
fragt Kodiak.
Er betrachtet
jede abstoßende Einzelheit
mit seinen Adleraugen.
Lange genug,
dass ich mich vielleicht
noch umentscheiden könnte.

Kodiak klopft für mich an.

Eine Frau öffnet die Tür.
Sofort
erkenne ich sie wieder:
eine von Jacks Instagram-Frauen.

Doch ihr Haar ist nicht seidenweich
und das rote Kleid aus den Fotos
ist einem Batik-T-Shirt
und abgeschnittenen Jeans
gewichen.

Zwischen nikotingelben Zähnen
platzt eine Kaugummiblase
sie sieht mich an,
Arme verschränkt,
gerunzelte Stirn,
als habe sie keine Ahnung,
was um alles in der Welt
ich hier suche.

»Was willst du?«

»Ich suche Jack Bisset«, sage ich.

Ein höhnisches Grinsen.
Sie fischt eine Zigarettenkippe
aus dem Aschenbecher,
entzündet ein Ende,
nimmt einen letzten Zug.

Ihre Augen werden feucht.

Traurig.
Wütend.
Verletzt.
Empört.
Ratlos.
»Von diesem Dreckskerl habe ich nichts mehr gesehen,
seit er vor ein paar Wochen
abgehauen ist.«

Der Schlag meines Herzens
noch schneller als unsere Schritte
die Treppe hinunter,
es platzt beinahe
vor Enttäuschung und Erleichterung.

Sie ruft uns nach:

»Versucht euer Glück im Parkhill Bistro.«
Der Ort aus Sanas E-Mail.
»Das Letzte, was ich gehört habe,
er hat dort einen Auftritt.
Falls er sich den noch nicht versaut hat.«

Ein Heim habe ich erwartet,
vielleicht eine Freundin
in irgendeiner schicken Wohnung
mit Blick über die Bucht,
so hoch oben, dass einem schwindlig wird,
wenn man nah genug
ans Fenster tritt.

Einen Stadtrundgang habe ich erwartet,
einen Tag in seinem Büro,
zusehen wie Bands, die ich nicht kenne,
Musik machen, die nur wenige interessiert,
in einem Tonstudio,
das er mit seinen Händen steuert.

Eine Verbindung habe ich erwartet.
Unsere Blicke sollten sich treffen
und ich würde einen Teil von mir selbst
wiedererkennen.
Zum Beispiel würden wir beide Sushi hassen,
aber gern zum Chinesen gehen
und der Meinung sein, Gedichte sind Musik,
die Wörter mit Klang verbinden.
Dass er etwas
eine Million Mal im Herzen sagen muss,
bevor seine Zunge es sagt,
und dass er so stürmisch liebt,
wie ich geliebt werden möchte.

Das alles erwarte ich noch immer.

Nie
Hätte
Ich
Gedacht
Dass
Es
So
Wehtun
Würde.

Ich weiß nicht, was schlimmer ist:
Der Blick, mit dem Kodiak mich ansieht,
oder die zerschmetternde Scham.
Meine Brust fühlt sich so hohl an,
so leer wie Jacks Versprechungen.

Die Worte meiner Mutter
wieder und immer wieder im Kopf:
Er ist kein guter Mensch.

So kann es nicht sein.
Ich habe den langen Weg nicht gemacht,
mich von der Gruppe fortgeschlichen,
meinen Vater belogen,
nur um festzustellen,
dass mein anderer Vater lügt.

Kodiak wischt mir die Tränen weg
und küsst meine Wange.
»Weine nicht, Del.
Er verdient deine Tränen nicht.«

»Komm, wir gehen ins Parkhill.
Ein Versuch noch, nur einen.«
Wenn ich dorthin gehen kann,
wenn ich ihn sehen kann,
kann er erklären,
was an der Sache
nicht stimmt.

Wird irgendetwas an der ganzen Sache
jemals stimmen?

| *Vidya Nadeer, Kodiak Jones*

VIDYA NADEER: Wo seid ihr?
Mir scheint, ihr seid von der Gruppe getrennt worden.
Einer von euch soll mir unbedingt sofort antworten.

KODIAK: Tut mir leid!
Wir haben uns verlaufen.

ICH: Auf dem Rückweg.
Wo sind Sie?

VIDYA NADEER: Wir treffen uns an der Mole.
Ich erwarte euch.
Gleich!

Die Mole riecht wie eine merkwürdige Mischung
aus süßen Blüten
und gesalzenem Fisch,
ineinander verschlungen
überdauern die Gerüche,
wenn man längst weitergegangen ist.

Unsere Mitschüler machen Selfies
vor einem ganz neuen Meer.
Sie schaffen es, Tundra Cove
ganz und gar zu vergesssen –
ihre Seattle-Persönlichkeiten
lachen ungezwungen,
aber ich selbst weine leise Tränen
an Kodiaks Schulter,
denn ich werde nie so frei sein wie ein Adler
oder so stark wie ein Bär.

Ms Nadeer rückt die Brille zurecht,
wir sollen sehen,
dass sie uns beobachtet.
Ein verlegener Kloß bildet sich
irgendwo zwischen meiner Kehle
und meinem Magen.

Ich ziehe meine Hand aus Kodiaks Griff,
wische sie am Hosenbein ab.
Wie gerne würde ich auch
diese Erinnerung einfach abwischen!

ICH: Ich weiß, dass du mich sonst überall geblockt hast und dass du auch auf diese Nachricht nicht antworten wirst. Ich wollte dich an der Adresse besuchen, die ich gefunden habe. Ich habe eine Frau getroffen, die gesagt hat, dass du nicht mehr dort wohnst. Ich verstehe das nicht, aber ich möchte, dass du weißt: Auch wenn du nicht das bist, was du mir vorgemacht hast, ändert das für mich nichts. Wir reisen morgen am späten Abend ab und ich übernachte im Double-Tree-Hotel, das am nächsten zum Flughafen liegt.

JACK: Ich kann nicht.

ICH: Bitte.

JACK: *Error.*

ICH: Nur für ein paar Minuten.

JACK: *Error.*

ICH: Ich möchte dich kennenlernen.

JACK: *Error.*

Kodiak Jones

ICH: Was machst du?

KODIAK: Ich liege im Bett.
Carson will sich rüber ins Zimmer von Vanessa und Lindsay schleichen, nachdem Ms Nadeer ihre Runde gemacht hat.
Willst du mitkommen?
Das lenkt dich vielleicht ab.
Oder du könntest hier rüberkommen. ;)

ICH: Ich habe eine andere Idee.
Treffen wir uns am Pool?

KODIAK: Zehn Minuten.

Ich flehe Kodiak an.
Nur noch einmal.
Einmal noch,
ein Versuch noch,
damit ich Jack treffe.

»Ich habe so einen weiten Weg gemacht
und es würde mich umbringen,
wenn ich abreisen müsste
und nicht einmal wüsste,
wie er aussieht.«

Ohne Filter,
ohne Text.
Oder Wohnung
oder Job.

Dann würde ich vielleicht verstehen,
was das damals war,
das meine Mutter
von meinem Vater weggerissen hat.

»Das letzte Mal«, verspreche ich.

»Dann sind wir fertig?«
Kodiaks Worte sind müde.
Ich habe sie schon mal gehört.
Wie ein Vater,
zu einem quengelnden Kind,
das zu viel möchte,
sagt er:

»Wenn wir erwischt werden,
bin ich erledigt.«

»Versprochen.«

Nachts
funkeln die Lichter von Seattle
nicht so hübsch
wie auf den Fotos.
Die Stadt wirkt nicht lebendig.
Die Space Needle ist so weit weg,
dass ihr vertrauter Anblick nicht tröstet.
Ich erkenne kaum ihre Silhouette.
Jedenfalls nicht in diesem Winkel.
Eine Reihe schmieriger Spelunken
und ein Obdachloser sagt:
»So ein Mädchen wie dich
möchte ich gern küssen.«
Kodiak packt meine Hand noch fester.

Nicht, weil der Mann mich fortreißen könnte,
sondern die Nacht selbst,
in der diese Lüge pulsiert,
die ich mir selbst aufgetischt habe:
dass Jack etwas sei,
was er vielleicht gar nicht ist.

Ich benutze die Kreditkarte,
die Nur-für-den-Notfall-Karte,
für die Mitfahrzentrale.
Es sind trotzdem 27 Minuten
bis zum Parkhill Pub.
Menschen strömen heraus,
mein Magen verkrampft sich,
ich starre jeden der Männer an,
halte Ausschau nach einer Tätowierung

am Schlüsselbein:
das Bild einer Frau, die so aussieht
wie meine Mutter.

Es ist neblig vor der Bar
mit dem Neonschild »Offen«
zwischen Reklametafeln
für Bier
und Wein
und Schnaps.
Eine Kreidetafel verspricht Live-Musik,
die ich auf der Straße schon hören kann.
Eine Frau trällert
durch die gegerbte Luftröhre,
singt einen alten Country-Song.
Ein großer Mann neben der Tür
kontrolliert die Ausweise.

Ich deute auf ihn,
lehne mich an Kodiak,
so habe ich den Geruch nach Heimat in der Nase,
nicht den der Angst. Kodiak sagt:
»Warte auf der Straße.
Es gibt einen Hintereingang.
Ich kann kommen
und dich reinschmuggeln.«

Es ist dunkel
und mein Herz klopft bei jedem Schritt
über die Glasscherben
und den schmierigen Boden.
Die Mülltonne neben mir stinkt
nach verdorbenem Essen
und Schnaps
und Reue,
sodass ich mich frage,
ob es ein Fehler war,
bis ich Kodiak
durch ein winziges Seitenfenster
entdecke.

Er ist vollkommen locker,
zeigt seinen Ausweis,
reibt sich das Kinn
mit den Fingerspitzen,
lächelt, bis man sein Grübchen sieht.
Ich bin hier nicht die Einzige,
die eine Maske trägt.

Er stellt sich an die Bar
nickt jemandem zu, der dahinter steht,
– ist es *Jack*? –
dann deutet er mit dem Finger,
als zeige er der Bardame,
welches Bier er möchte.

Kodiak schlüpft nach hinten
und ich renne

im Takt meines Herzschlags
zum Hintereingang.

Er öffnet leise die Tür,
zieht mich aus der Dunkelheit heraus
und führt mich dahin,
wo mich bestimmt meine Antworten
erwarten.

Innen sieht das Parkhill aus
wie eine beliebige Bar
in einem beliebigen Film.

Jede Handbreit Wand bedecken
leuchtende Blechschilder.
Meine Lungen werden eng,
als ich die Leute sehe,
die hier trinken.
Einer von ihnen könnte Jack sein.
Aber keiner ist es.

Kodiak nimmt seine Hand nicht
von meinem Rücken,
selbst als wir die Bardame erreichen,
die auf mich herabsieht.
Ich lese Verwirrung
zwischen ihren zu schmal gezupften Augenbrauen.

»Um was geht's, Kleine?«
Eine schwere Frage.

Ich frage, ob sie Jack kennt.
Arbeitet er hier?
Wird er dieses Wochenende kommen?

Die Verwirrung löst sich auf,
schafft Raum für etwas anderes.
Sie und Kodiak sehen einander an
und ich spüre, wie meine Schultern
an seinem Brustkorb beben,
als ich sie
den Kopf schütteln sehe.
Ich kann nichts dagegen tun.
Mein Körper weint,
selbst wenn meine Augen es nicht können.

»Vor ein paar Wochen hat er
an der Bar ausgeholfen.
Meine Süße, ich weiß nicht, wie es kommt,
dass du nach ihm suchst,
aber das nimmt kein gutes Ende.
Du hast doch nicht ...«
Sie presst die Lippen zusammen.
»Du hast doch hoffentlich keinen Ärger?«

Ihr Blick wandert von mir zu Kodiak.

»Ihr müsst hier verschwinden.
Keine Minderjährigen an der Bar,
ganz egal, wen sie sucht.«

Mein ganzer Körper sackt unter

der dünnen Schicht meiner Haut zusammen,
unter der Last der Information,
die ich schon kannte.

Es war alles Lüge.
Jede Einzelheit.
Jedes Gramm Versprechen in seinen E-Mails.
Der Job.
Die Wohnung.
Das Leben.
War eine Lüge.

Und noch größer:
die Lüge,
die ich mir selbst erzählt habe.
Wie alles gewesen wäre,
wenn ich so aufgewachsen wäre,
die Saiten seiner Gitarre schlagend,
die Linien seiner Tätowierung nachzeichnend,
in einem anderen Bild von zu Hause, als dem,
das meines wurde.

Die Wahrheit ist:
Ich gehöre nicht in das eine Bild.
und nicht in das andere.

Der Gestank aus der Mülltonne stört mich nicht,
ich spüre auch nicht, dass ich mich an seinen Arm klammere.
Da ist nur der stechende Schmerz, der von meinem Herzen
bis in die Fingerspitzen ausstrahlt.

»Alles in Ordnung?«,
fragt Kodiak
und fängt mich auf,
bevor ich mitten
durch die Glasscherben stolpere.

»Es wird nie in Ordnung sein«,
sage ich schluchzend.
»Ich dachte, wenn ich ihn treffen würde,
könnte ich das Gefühl
betäuben,
es nicht gewusst zu haben.«
Dass es vielleicht
einen Weg gab zu einer Art
Frieden
mit dem, was Mom
mich vergessen lassen wollte.
Er legt seine Stirn auf meine,
holt tief Luft,
als versuche er,
etwas in sich selbst zur Vernunft
zu bringen.
Er greift in die Tasche,
schiebt seinen gefälschten Ausweis
zwischen uns.

»Komm, wir machen noch etwas
aus diesem Abend.«

Die Luft weht anders,
der Nachtwind frischt auf
und trocknet meine Tränen.

Kodiak Jones, sein gefährliches Lächeln,
er schimmert auf, der Junge,
den er so gern hinter sich gelassen hätte,
er erinnert mich: Bevor ich kam,
war er derjenige, der Probleme hatte.

Ein Zwischenstopp an einem schmierigen Schnapsladen,
ein schwankender Spaziergang zurück zum Hotel.
Wie gut, dass Zimmergenossen sich ebenfalls
davonschleichen.

Das erste Glas
macht mich so weich,
dass ich kichere
und einfach so
in Kodiaks Arme falle.

Das zweite Glas,
und ich lache
so frei,
dass ich es beinahe
vergesse:
mein gebrochenes Herz.

Aber das dritte Glas,
zu schnell geleert.
Meine Lippen auf seinen,
die Hitze
zwischen meinen Beinen,
so warm,
dass ich nicht weiß,
wie kann es sein,
dass ich das nie im Leben
gefühlt habe?

Seine Hände
auf mir,

ziehen mein Shirt
über meinen Kopf.
Die Hitze strömt jetzt
in meine Glieder,
mein hungriger Mund, küssend,
ein weit aufgeschlagenes Buch.

Ich achte nicht auf
Kodiaks sanfte Hände
in meinen wirren Haaren,
seinen Blick, der sagt,
er kann nicht genug bekommen,
bis es zu spät ist,
etwas zurückzunehmen.

KODIAK: Bitte Cordelia –
Mach die Tür auf.
Ich stehe hier rum wie ein Idiot, schreibe dir im Flur Nachrichten, wo du doch rauskommen könntest. Und wir uns richtig unterhalten könnten.

ICH: Geh weg.

KODIAK: Komm schon.
Du weißt, dass ich das nicht kann.

ICH: Geh.

KODIAK: Ich habe das nicht gewollt. Dass dein erstes Mal so wird.
Tut mir leid.

ICH: Wie kommst du darauf, dass es mein erstes Mal war?

KODIAK: ...

Sana-Freundin <3

ICH: Ich brauche deinen seelischen Beistand.
Ich habe ein bisschen was getrunken.

SANA: Du bist betrunken.

ICH: Ja.
Ich brauche meine beste Freundin.

SANA: Geh lieber los und such deinen Kodiak.

ICH: Geht nicht.
Ich kann ihn nie wiedersehen.

SANA: Ach ja?
Hast du ihm aus Versehen das Konzept für dein
Abschlussprojekt geschickt und er hat da drin gelesen, dass
du ihn ausdrücklich nicht als Partner haben wolltest?
Ach so, Moment.
Das war ja ich.

ICH: Sana.
Ich kann das erklären.

SANA: Nein.
Ich habe ernsthaft gedacht, dass ich dir etwas wert bin.
Du hast darum gebeten, ihn als Partner zu bekommen.
Was hast du eigentlich vor?
Willst du deine Teenieträume aus der Mittelstufe wahr machen und ihn abschleppen?
Das ist doch traurig.
Ich habe dich unterstützt.
Ich hatte sogar Verständnis dafür, dass du nicht für mich da warst und mir mit dem Kram fürs College und fürs Projekt geholfen hast.
Weil du deinen Stress mit dieser DNA-Geschichte hattest.
Aber zu wissen, dass du das nur gemacht hast, um dir einen Typen zu angeln, der auf einmal keine Zeit mehr für dich hatte, als er mit einem Mädchen zusammen war, das ist echt beschämend.

ICH: Bitte hör auf.

SANA: Und was ist mit Iris?
Warum hast du sie nicht gefragt, ob sie mir hilft?

ICH: Das war ein ehrlicher Fehler.
Ich habe es vergessen.

SANA: Nein. Ich bin sauer.
Weißt du was?
Ich habe da auch eine Mail, die ich dir weiterleiten kann.

Von: Sana Sasaki <sasakicentral@gmail.com>
An: Cordelia Koenig <CordeliaBedelia99@gmail.com>
Betreff: Fwd: Re: Cordelia

Offenbar bin ich nicht die Einzige, der die Cordelia-Show auf die Nerven geht.

Von: Bea Koenig <b.koenig@brown.edu>
An: Sana Sasaki <sasakicentral@gmail.com>
Betreff: Cordelia

Sana,
ich kann Cordelia schon seit einer ganzen Weile nicht erreichen.

Ich bin mir sicher, dass Du diejenige bist, die am ehesten weiß, was mit ihr los ist – es sei denn, sie hat sich von allen zurückgezogen bis auf Kodiak. Wahrscheinlich sollte ich abwarten, bis ich sie ans Telefon kriege, aber ich vermute, im Moment sind die Chancen größer, dass sie mich zurückruft, wenn Du ihr etwas ausrichtest.

Ich weiß Bescheid.

Letzte Woche, nachdem wir miteinander geredet hatten, habe ich mein GeneQuest-Konto überprüft. Ich habe die Einstellungen angeklickt und die Kontaktoption ausgewählt, um sie als Verwandte hinzuzufügen – aber dann ist etwas total Verrücktes passiert. Mir wurde mitgeteilt, dass sie meine Halbschwester ist. Also: Ich weiß Bescheid. Ich habe versucht, mit ihr darüber zu reden, aber sie reagiert auf keinen meiner

Anrufe und keine meiner Nachrichten – nicht, dass ich ihr das vorwerfen würde. Ich habe mich total blöd benommen, als sie versucht hat, mit mir darüber zu reden. Kein Wunder, dass sie sauer auf mich ist, aber so allmählich mache ich mir Sorgen – vor allem, weil ich höre, wie schlecht es ihr geht.

Ich habe das Gefühl, ich stecke in der Falle. Als bliebe mir nichts anderes übrig, als mit unseren Eltern zu reden. Was meinst du?

Bea

Hier kommt eine Liste von Menschen, denen ich normalerweise in einer Krisensituation eine Nachricht schreiben würde. Alle habe ich im Laufe der letzten drei Wochen verloren.

- Mom
- Dad
- Iris
- Sana
- Kodiak
- Jack

Sana-Freundin <3

ICH: Bitte.
Ich habe das Gefühl, alles verloren zu haben.

SANA: Geh schlafen. Du bist betrunken.
Oder ruf Bea an.
Sie kann es nicht erwarten, mit dir zu reden.

| *Schwester Bea*

ICH: Hey.
Ich habe gerade mit Sana geschrieben.
Ich weiß, dass du es weißt.
Es tut mir leid.
Bitte schreib zurück.

BEA: Es ist spät.
Kleine, ruh dich aus.
Wir reden morgen.

Hier kommt eine Liste von Menschen, denen ich normalerweise in einer Krisensituation eine Nachricht schreiben würde. Alle habe ich im Laufe der letzten drei Wochen verloren.

- Mom
- Dad
- Iris
- Sana
- Kodiak
- Jack
- Bea

Ich weine mich in den Schlaf
auf weißen Hotel-Bettlaken,
die nach Waschmittel
und Traurigkeit riechen.

Als hielte man einen Fremden im Arm,
als erwarte man von ihm,
er solle sich in einen Freund verwandeln.

Dann übermannt mich der Schlaf
wie Nebel,
der auf die Berge sinkt,
das Gras mit Reif überzieht.
Es taut
erst morgen.

Ich ziehe Gabelfurchen durchs Ei,
zerdrücke es gegen den vollgeladenen
Teller.
Mir ist so schlecht.
Ich kann nichts essen.

Das Foyer voller Leute,
hell erleuchtet,
keiner bereut,
was er
gestern Abend getan
und gesagt hat.

Kodiak sitzt auf der anderen Seite
des Foyers
mit seinem Zimmergenossen,
wirft mir heimlich Blicke zu.
Heute ist er ein trauriger Otter,
er schaukelt auf dem Wasser
auf der anderen Seite
des Ozeans.

Brennende Tränen
steigen mir in die Augen,
als eine Hand
auf meine Schulter fällt.
Ich sehe auf:
Ms Nadeer,
ihr ermunterndes Lächeln:
»Hast du einen Moment für mich Zeit?«

»Mir ist aufgefallen, dass du dich
in diesem Halbjahr sehr verändert hast.«
Ms Nadeer setzt sich,
wirft einen Blick über die Schulter,
dorthin, wo Kodiak sitzt.
Auch er stochert
in seinem Essen herum.

»Es ist nicht wegen ihm.«
Ich sinke tiefer in meinen Stuhl.

»Ich weiß.«
Ihre Stimme so liebevoll.
»Deine Gedichte,
sind keine Gedichte aus dem Herzen
im herkömmlichen Sinn.
Es geht um Identität,
nicht wahr?«

Meine Unterlippe zittert
die Maske zerspringt,
aber sie konnte schon vorher
dahinter sehen.

»Es gab eine Zeit,
direkt nach dem Studium,
ich bewarb mich um eine Stelle,
die ich unbedingt wollte,
wurde aber abgelehnt.
Dann noch eine.
Und noch eine.

Ich stellte fest,
dass das, was ich tat,
nicht funktionierte.
Also ging ich zurück zur Uni,
machte meinen Master,
und erkannte dann: meine Leidenschaft
war Lehre
und Beratung.

»Wenn etwas für dich nicht funktioniert,
Cordelia, musst du wieder
einen Schritt zurückgehen.
Erkennen, wie du besser wirst.
Die Welt mit den wunderbaren Dingen,
die du zu bieten hast, bereichern.
Vielleicht helfen sie dir, den Weg zu finden.
In den meisten Fällen,
wenn man auf jemanden fixiert ist
oder auf irgendetwas,
geht es gar nicht um denjenigen
oder dasjenige.
Es geht um dich.

Sag mir:
Warum bist du hergekommen?«
Ms Nadeer nippt
an ihrem Kaffeebecher,
hinterlässt beerenfarbenen Lippenstift
an seinem Rand.

»Wegen der Lyrik-Konferenz.«

Ihr Lächeln sagt: Okay.
Ihre Augen sagen: Noch ein Versuch.

»Um einen Teil von mir zu finden.«

»Und, hat es geklappt?
Hast du dich selbst gefunden?«

»Ich glaube schon.
Ich weiß noch nicht,
ob ich mag,
was ich gefunden habe.«
Eine einzelne Träne
rollt über meine Wange,
aber dahinter
warten noch vier Milliarden weitere.

»Ich habe dich in den letzten Wochen beobachtet.
Du hast unterschiedliche Hüte aufprobiert.
Das ist in Ordnung.
Das gehört dazu,
wenn man lernt, wer man ist.
Aber letztendlich geht es darum,
dass du dich wohlfühlst,
mit dem Du
in deinem Herzen.«

Ich ringe nach Worten. Etwas sagen.
Irgendwas,
aber Ms Nadeer füllt den Raum
zwischen uns.

»Du weißt,
es ist nicht zu spät,
um dich für den Lyrik-Wettbewerb anzumelden.«

Ms Nadeer deutet
auf einen weißen Zettel
und lächelt,
als wüsste sie,
dass tief in meinem Herzen
mein Name bereits eingetragen ist.

Ich erinnere mich
an die Cordelia
vor der Wahrheit.
Und ich weiß noch,
sie dachte,
sie könnte dieses Projekt
mit fliegenden Fahnen erledigen,
weil Gedichte
so untrennbar zu ihr gehören
wie ihr Atem.

Ein Mädchen, das sich unbedingt
in seinen Wurzeln finden wollte.
Ein für alle Mal
beweisen,
dass sie irgendwo
dazugehört.

Und dass die Zugabe,
dieses Projekt als Chance nutzen,
aus der Nähe
zu lauschen,
wenn dieser Junge singt,
seine Gedichte singt,
allzu verlockend war.

Dass sie dachte,
sie müsste sich nicht bemühen,
sich selbst zu finden,
da sie ja schon wusste,
wer sie war.

Vorab am College angenommen.
Dichterin.
Träumerin.
Sanfte Muse.
Zweiflerin.
Freundin.
Schwester

Tochter.

Die Wahrheit hat so viel verändert.
Mein Leben.
Meinen Blick.
Mein grundlegendes Bild der Welt.
Aber mich
hat es nicht verändert.
Nicht wirklich.
Nicht da, wo es zählt.

Anmeldebogen
für
den 4. Jährlichen

Pacific Northwest Young Poets Association Poetry-Slam-Wettbewerb

Zugelassen sind nur eigene, im letzten Kalenderjahr verfasste Werke, die vom Verfasser selbst vorgetragen werden. Ein verpflichtendes Treffen findet am Sonntagvormittag von 11 Uhr bis 13 Uhr statt. Teilnehmer, die um 11 Uhr noch nicht erschienen sind, werden vom Wettbewerb ausgeschlossen.

Bitte tragt euch hier ein. Nur eine Einreichung pro Person.

Ich kritzle meinen Namen
ganz unten auf die Seite,
zusammen mit meiner Klassenstufe
und dem Namen der Schule.

Und als ich zurücktrete,
fühle ich mich bereits
ein bisschen mehr
wie ich selbst.

Ich wende mich um.
Da steht Kodiak.
Er starrt auf den Boden
und übt sein Gedicht.
Als er endlich aufsieht,
mich ansieht,
lächelt er nicht,
nickt er nicht,
sondern runzelt die Stirn,
wendet ruckartig den Kopf
in die andere Richtung.
Kodiaks Flügel zusammengefaltet,
als fürchte er sich vor dem Fliegen.

Ich räume mein Geschirr ab,
werfe das Essen weg.
Ich bin zu verkatert,
ich kann nichts essen.
Da ist so ein Gefühl,
nicht abzuschütteln,
als würde mich jemand
noch immer beobachten.

Ich sehe mich in der Cafeteria um.
Fast alle
haben das Foyer schon verlassen
wie einen Eisberg im Meer.
Ein Grüppchen von Frauen
in einer Ecke, laut lachend,
aber dann fällt mein Blick
auf einen Mann im karierten Hemd
neben der Eingangstür.

Das Hemd ist nicht ganz zugeknöpft,
sodass ein V-Ausschnitt bleibt,
gerade tief genug,
um eine Tätowierung zu zeigen.
Auf seinem Schlüsselbein,
eine Frau
mit Teufelshörnern.

Am anderen Ende des Foyers
steht er, beobachtet mich,
fährt sich mit der Hand durch die Haare,
als fürchte er sich,
mit dem Mädchen zu reden,
in deren Adern
sein Blut fließt.

Das Mädchen, dem er Märchen erzählt hat.
Ein Schnappschuss aus einer nebligen Erinnerung.
Eine unmögliche Zukunft.
Eine unentrinnbare Lüge.
Er reibt sich die Stelle am Hinterkopf,
an der sein Motorradhelm
wahrscheinlich auf sein Genick trifft,
und ich möchte schreien.

Ich möchte jeden Ton
den ich erzeugen kann,
aus meinem Mund herausschleudern.
Er soll ihn hören,
diesen unsichtbaren Schmerz,
in der Bugwelle
seiner Lügen.
Versprechen,
die so leicht ausgesprochen waren:
Niemals
musste
er
sie
einlösen.

Ich gehe einen Schritt,
dann noch einen,
dann renne ich.
Meine Füße durchschneiden
die dicke Luft zwischen uns
wie schlanke, hungrige Papageitaucher,
die durch eiskaltes Wasser gleiten.

»Du bist es.«
Beinahe atme ich die Worte aus.

»War alles gelogen?«

»Fast alles. Ja.«
Ich lausche seiner Stimme,
entdecke mein Spiegelbild
in der einzelnen Träne
in seinem Augenwinkel.
»Aber was ich fühlte,
wie gern ich dich kennenlernen wollte,
das ist alles wahr.«

Ich bin aufgeschlitzt
und ausgebreitet worden,
sodass jeder sehen kann,
dass mein Herz mit jedem Schlag
ausblutet.
Meine Augen sind rot,
meine Wangen tränenverschmiert.
Ich schüttle den Kopf.
Wieder
und wieder,
als würde ich damit
die vergangenen Wochen
auslöschen,
als falsche Erinnerung.

»Warum?«
Ich schreie das Gift hinaus,
ein Blutegel, der die Infektion
aus meinem zitternden Körper saugt.

»Du solltest nicht denken,
dass ich der Versager bin,
an den sich deine Mutter erinnert.«

Endlich
ist der Damm
gebrochen.
Das Bild
ist Wirklichkeit.
Seine Augen,
seine Stimme,
die sagt, was ich schon weiß,
verzweifelt hoffend, es sei nicht wahr.
Ich stehe da
und weine,
und Jack spricht
kein Wort.

Denn da ist kein Ort,
keine Zeit,
zu der ich in sein Leben passe.

Denn es war nicht nur die Lüge,
wer er war.
Es wäre eine Lüge gewesen,
dass er
zu einer Schulveranstaltung gekommen wäre,
ich ihn jede zweite Ferien besucht hätte,
dass die Weihnachtskarte in der Post
verloren gegangen ist.

Und endlich sehe ich,
warum Mom
unbedingt die Lüge
glauben wollte.

Ich weiß nicht, was ich sagen soll,
denn mein Verstand
ist weggeflogen.

Als kreise ich durchs Foyer
hoch über meinem Kopf,
wirble,
fliege Runde um Runde,
ein Samenstand mit perfekten Flügeln,
der sich im Luftstrom
eines kalten Herbstwinds dreht.

Pfeifen in meinen Ohren,
meine Augen so schwer
wie ein Meter Schnee
in einer Nacht gefallen.

Sein Gesicht ist wie meins,
nur älter und trauriger,
die Geschichte eines Fremden.

Ich spüre,
wie eine Hand die meine umschließt,
und im ersten Moment denke ich,
es ist Jack,
der nach mir greift.
Aber als ich hinsehe,
ist es Kodiaks Hand.
Ich sehe nicht, was er tut,
aber ich spüre das Herz,
das er in meine Handfläche zeichnet.

In Kodiaks Gesicht steht
die Geschichte eines Fremden geschrieben.
Es sagt: Wir müssen los.
Und er sieht mich an,
als würde er mich wirklich sehen.
Als hätte es nie ein Bild gegeben,
in dem er und ich
nicht zusammengehören.

Ich wende mich Jack zu,
nicht mein Vater,
ein bröckelndes Paradox,
das ich unbedingt
wahrhaben wollte.
Ich wende mich dem sicheren Ort zu,
der er nie war.

»Ich muss los –
da ist diese Lyrik-Sache
in fünf Minuten.«

»Oh«,
keucht Jack,
als habe eine Erinnerung
plötzlich Feuer gefangen.
Seine Stimme umfängt das Wort,
mit sanftem Druck.

»Lyrik.
Deine Mutter mochte Lyrik auch.«

Wie
sich verabschieden,
wenn man sich nie
wirklich
begrüßt hat?

Wie
sich verabschieden von einer Lüge,
wie
sich trennen von den Fragen,
den Wünschen,
den Hoffnungen,
die Wahrheit
sei etwas,
was sie nicht ist?

Wie
sich trennen von der Lüge,
die ich selbst bin?

Ich gehe davon,
ich weiß, ich muss.
Ich gehe dem Kummer
aus dem Weg.
Ich werfe einen Blick über die Schulter.
Jack starrt mir nach,
reglos.

Ich rufe ihm zu:
»Um sechs Uhr
im Foyer
findet eine Veranstaltung statt.
Falls
du kommen möchtest.«

Meine Schritte gleichen sich
Kodiaks Rhythmus an.
Gemeinsam.
Aber ich liege einen Takt
zurück.

Kodiak sieht mich immer wieder an,
aber ich senke den Blick
auf meine Füße,
so gern
würde ich umkehren,
in mein Zimmer,
in meine Laken weinen,
die nach Waschmittel riechen.

Ich sage:
»Danke«,
aber ich hebe nicht den Blick,
denn seine braunen Augen
würden mich verschlingen,
wenn ich es wagen würde,
ihn aus der Nähe anzusehen,
nach gestern Abend.
»Du hättest nicht dazukommen müssen.«

»Das war sicher schwierig.«
Er hält an,
packt meine beiden Hände,
und zwingt mich,
meinen verschwommenen Blick
auf ihn zu richten.

»Niemand sollte
so etwas
allein
durchstehen müssen.«

»Ich wollte das.«
Ich lasse unsere Hände
zwischen uns erschlaffen,
bevor ich von ihm weggehe.
Weg davon.
Weg von alledem.

I *Sana-Freundin <3*

ICH: Okay.
Ich sollte eigentlich genau aufpassen, was hier gesagt wird.
Aber ich kann nicht.
Weißt du noch, wie ich einmal richtig sauer auf dich war?
Als du deiner Mom gesagt hast, ich wollte mich als Cheerleader bewerben?
Und dann hat sie es meiner Mom gesagt, und die ist völlig ausgeflippt und hat versucht, mich zu trainieren.
Weißt du noch, wie sauer ich war?
Ich habe dir verziehen.

SANA: Das klingt nicht einmal entfernt nach einer Entschuldigung.
Oder auch nur entfernt, als sei es vergleichbar.
Ich will nicht mit dir reden.

ICH: Bitte?
Jack ist im Hotel aufgetaucht.

SANA: O Mann, scheiß drauf.
Waffenstillstand.
Was zur Hölle?
Alles okay bei dir?

ICH: Nein.
Ich weiß nicht.
Ich kann im Moment nicht denken.
Ich zittere so, dass ich kaum mein Handy sehen kann.

SANA: Ist Kodi bei dir?

ICH: Jetzt nennst du ihn Kodi?
Ich wusste doch, ich habe ihm nicht gesagt, wo Jack wohnt.
Wie viele E-Mails über mich habt ihr euch geschrieben?

SANA: So viele, dass er weiß, wie viele Sorgen ich mir um dich mache.
Ist er bei dir?

ICH: Wie man's nimmt.
Gestern Abend ist etwas mit uns beiden passiert und jetzt kann ich ihm nicht mehr in die Augen sehen.

SANA: Langsam.
So viele drängende Fragen.
Wie war Jack denn?
So heiß wie auf Instagram?

ICH: Puh!
Das ist so daneben.
Er war …
Traurig.

SANA: Das hast du wohl von ihm.

ICH: Stimmt wohl.
Aber du hattest recht.
So gut wie alles, was er mir je erzählt hat, war eine dicke Lüge.

SANA: Verdammt.

ICH: Es tut mir leid.
Ich bin dir etwas schuldig.
Wenn ich nach Hause komme, helfe ich dir bei allem, was du brauchst.

SANA: Pech gehabt.
Emma Scheiß-Daniels hilft mir nämlich schon.
Sie kann super mit der Kamera umgehen.
Macht absolut grandiose Make-up-Tutorials.
Und noch dazu: YouTube erweist sich als das Mekka des Fußball-Trainings.

ICH: Es tut mir wirklich leid.
Ich hätte dich als Partnerin beantragen sollen.
Ich bin so dämlich.
Dieses ganze Projekt war ein Fehler.

SANA: O ja.
Hättest du.
Aber es läuft gut.
Nächstes Jahr hätte ich mich ja ohnehin an ein Leben ohne deine ständige Unterstützung gewöhnen müssen.
Wo wir von Fehlern reden.
Was genau ist gestern Abend mit Kodiak passiert?

ICH: O Mann.
Ich glaube, ich kann noch nicht darüber reden.
Außerdem willst du bestimmt nicht noch mehr über dieses Drama hören.
Nur eins: Ich glaube, ich werde ihm nie wieder in die Augen sehen können.

SANA: Dieser Mistkerl.
Sag es mir jetzt.
Oder der Waffenstillstand steht nicht mehr still.

ICH: Okay.
Also.
Gestern Abend ist er mit mir in eine Bar gegangen, um Jack zu suchen.
Spoiler-Alarm: Nicht gefunden.
Aber ich war schlecht drauf.
Und irgendwie sind wir dann in seinem Zimmer gelandet und haben Alkohol getrunken.

SANA: Okay. Mir gefällt nicht, worauf das hinausläuft.

ICH: Eine Sache führte zur nächsten.
Schließlich lagen wir halb nackt auf dem Bett.
Und ich sagte zu ihm, ich wäre bereit.

SANA: ACH DU SCHEIßE!
Du HAST dich verändert.
Und was hat er gemacht?

ICH: Ich möchte wirklich gar nicht darüber reden.

SANA: Ich mache ihn kalt.
Soll ich?
Wenn ich jetzt bloß meine Zigaretten in Flugmeilen
umtauschen könnte!
Zu dir rüberkommen
und ihn in den Hintern treten.
Ich glaube es nicht.
Dein erstes Mal mit Kodiak Jones!
Alles okay bei dir?

ICH: Nein.
Aber wir haben nicht miteinander geschlafen.

SANA: Moment mal – nicht?

ICH: Ich wollte es.
Ich habe es versucht.
Bin praktisch über ihn hergefallen.
Aber er wollte mich nicht.
Das ist so peinlich.

SANA: Sorry.
Aber jetzt blicke ich gar nicht mehr durch.
Du hast dich also ausgezogen.
Betrunken.
Und du regst dich darüber auf, dass er dich respektiert hat, als du nicht in der richtigen Verfassung warst, wirklich zuzustimmen?

ICH: Wenn du das so ausdrückst …
klingt es nicht so schlimm.

SANA: Ist es auch nicht.
Er hat dir was Gutes getan.
Na ja –
ich meine, er hat dir gar nichts getan.
Er war ein anständiger Kerl.

ICH: Du machst mich nicht weniger verlegen.

SANA: Hör zu.
Ich weiß, ich bin nicht der allergrößte K.O.-diak-Fan.
Aber hauptsächlich, weil ich meine,
du klammerst dich an einem Kodiak fest,
den es gar nicht mehr gibt.
Aber ganz offenbar siehst du etwas in ihm,
was kein anderer sieht.
Er ist für dich da.
Er war die ganze Zeit für dich da.
Rede mit ihm.
Schreibe ihm ein Gedicht.
Mach das, was ihr komischen Schreiberlinge so macht.

Wenn Kodiak Jones
seine Gedichte schreibt,
dann ist es, als ströme
seine ganze Welt
wie Blut in Verse
auf Papier.
Als blute seine Seele
mit den Seelen seiner Vorfahren
in Dichtung hinein.

Wenn Kodiak Jones
Gitarre spielt
und dir die Worte vorsingt,
die du geschrieben hast,
dann glaubst du beinahe,
er sieht in dich hinein.

Dass dein Herz und seines
sich von früher kennen,
aus einem anderen Bild,
harmonisch zusammenklingen,
wunderbare Verse verströmen,
Geistergeschichten erzählen
und wie Wölfe heulen.

Wenn Kodiak Jones
ein Herz in deine Hand zeichnet,
dann tut er das,
weil er weiß, dass du es brauchst.
So ein Mensch ist er.
Derjenige, der hilft, wenn es ihn schmerzt.

Derjenige, der nicht weiß, dass es gut ist,
den, der zerbrochen ist, zurückzulassen,
um Raum für sich selbst zu schaffen.

Ich bin der einzige Eisberg der Welt
der, gekalbt von seinem Gletscher,
ins Meer hinaustrieb,
um sich danach wieder an den Gletscher
anzuheften,
den er nie hätte verlassen sollen.

Kodiak Jones

ICH: Hey.

KODIAK: Du stehst direkt vor mir.
Du kannst dich einfach umdrehen und mit mir reden, weißt du.

ICH: Weiß ich.
Aber es wäre merkwürdig.
Es stehen so viele Leute um uns rum.
Und wir gehen gleich auf die Bühne.

KODIAK: Stimmt.

ICH: Es tut mir leid.
Wegen gestern Abend.
Und dem Abend vorher.
All das tut mir leid.

KODIAK: Bitte entschuldige dich nicht.
Delia.
Ich möchte nicht, dass du dich jemals für gestern Abend entschuldigst.
Oder den Abend vorher.

ICH: Du hast dich anständig benommen.
Ich habe mich abgewiesen gefühlt.
Ich mag dich so sehr.

KODIAK: Ich mag dich auch so sehr.

ICH: Aber ich muss ehrlich zu mir sein.
Die Gründe, warum ich dich so mag, habe ich mir im Kopf zurechtgelegt, bevor wir einander auf diese Weise kannten.
Es ging um das, was du schreibst.
Und meine Vorstellung war noch davon geprägt, wie wir als Kinder waren.

KODIAK: Oh.

ICH: Die Wahrheit ist: Du bist so viel besser als die Vorstellung, die ich von dir hatte.
Der Junge, der seine Gedichte singt.
Und seinen ganzen Körper öffnet, wenn er über das Schreiben spricht.
Und bevor du da hochgehst
und deine Seele entblößt
im Wettbewerb,
möchte ich, dass du weißt: Du bist wunderbar.
Du bist so ein guter Freund.
Den habe ich eigentlich gar nicht verdient.

Direkt vor dem Auftritt
geht Kodiak hinter dem Bühnenvorhang
auf und ab.

Ich schlüpfe zu ihm,
greife seine Hand,
zeichne ein Herz auf die Handfläche.

Als sein Name fällt,
lächelt er,
küsst mich auf die Wange
und verschwindet auf der Bühne

Es gibt einen Jungen,
der hielt meine Hand
im schwierigsten Augenblick
meines Lebens.

Und ich sah gar nicht,
dass auch er litt,
bis er sein Gedicht
auf einer Bühne sang,
vor vielen Menschen.
Er sang,
er sei ein trauriger Rabe,
er weine aus Liebe,
zu einem kostbaren Schatz,
den er nie erringen konnte.

Und ich sah
vom Bühnenrand zu,
wie sein Körper einklappte,
und Farben aus seinem Mund strömten
und er vermittelte jedem
Menschen
im Publikum
ein schillerndes Bild
seines Schmerzes.

Sein Versprechen
an ein Mädchen:
Es ging um ein Kind.

Das Bild, in das er sich eingezeichnet hatte,

fortgeschwemmt,
direkt vor seinen Augen,
und er
hin- und hergerissen
zwischen Erleichterung und Angst,
zwischen Schuld und Scham.

Trauer um das, was fortgeschwemmt wurde,
und neue Hoffnung für die leere Leinwand.

Nach Kodiak
und einem Typen aus Seattle
und einem Mädchen aus Bellingham
und noch einem irgendwo aus Oregon
wird mein Name
aufgerufen.
Kodiak lächelt auf mich herab,
die Erinnerung an seinen kostbaren Schatz
überschattet sein Lächeln noch immer.
Er beugt sich vor, wispert mir zu:
»Geh da raus
und zeig allen,
was du im Herzen trägst.«

Ich müsste aufgeregt sein,
aber ein kühler Hauch
legt sich über mich,
als ich auf die Bühne
hinaustrete.
Und erkenne:
Meine Worte auszusprechen,
ist nicht halb so beängstigend
wie der Gedanke,
ich könnte Jack
in der Menge entdecken.

Ich denke an die Berge,
nah an zu Hause, wo mein echter Vater lebt.
Und dass die tiefen Furchen,
die der letzte Schnee gegraben hat,
Heimat sind für
Bären,
Hasen,
Elche,
Beeren,
auch für mich.

Dass ich nach all dem hier
zurückkehren darf.

Ich dränge Jack aus meinem Kopf,
trete vor,
um ein Gedicht zu sprechen
für einen Mann,
der wohl nicht hier ist.

Ich bin zehn Schritte
von der Bühne entfernt,
und die Menge ist
mucksmäuschenstill.

Die anderen Teilnehmer,
die ich kaum
kennengelernt habe,
weil ich ja so damit beschäftigt war,
mich selbst kennenzulernen.

Und mir wird klar:
Von allen Menschen auf der Welt
wünsche ich mir, einer wäre hier.
Der Mann, mit dem alles begann.
Denn dieses Gedicht,
diese Reise,
wäre nichts,
ohne den Mann,
den ich hier treffen wollte.

Meinen Vater.

Ich streiche meinen Zettel auf dem Podest glatt,
dabei kann ich alles auswendig.
Es ist Teil meiner Erinnerung
wie alle Lieder von Kodiak
und Sanas Lachen
und Dads Shakepeare-Zitate
und Moms Umarmungen
und Iris' Hashtags
und sogar Beas verächtliches Grinsen.

Es ist nicht schwer,
das auswendig zu können,
was die Seele
berührt.

Mit herabhängenden Armen
gewähre ich mir,
Ausschau zu halten,
nach ihm.

Ich mustere die Menge
und hoffe, nach all dem:
dem Flug,
dem Schmerz,
der Erkenntnis,
wer er wirklich ist –,
habe er Mut gefasst
und beschlossen,
Vater zu sein.
Mein Vater.

Nur für heute.

Ich hoffe,
mit jedem Gramm Hoffnung,
das mir noch bleibt,
er enttäuscht mich nicht.
Ich schließe die Augen,
wünsche mir
das Unmögliche.

Ich wünsche mir,
dass mein Vater hier ist.
Nur dieses eine Mal
Sei hier.
Bitte enttäusche mich nicht.

Als ich die Augen aufschlage,
sind die Lichter irgendwie heller
und ich kann besser sehen
und mein Blick trifft
auf ein bekanntes
Gesicht.

Mein Herz
rast.
Es spurtet los,
versucht,
mit meinen Gedanken Schritt zu halten.
Mein Magen fühlt sich an,
als rollten darin Kiesel
wie durch ein Flussbett.

Fast unmittelbar vor mir
inmitten der Menge
steht
mein Vater.

Mein Shakespeare-verehrender,
zitierender,
witzelnder

Vater.

Neben ihm
meine Mutter, sie hat sich bei ihm eingehakt.
Iris
winkt, als wäre sie acht, nicht zwölf.
Selbst Bea ist von der Hochschule hergeflogen,
aber sie ist zu cool, um zu winken.
Wir reden morgen.
Sie nickt mir zu, ein kleines Lächeln,
das mir sagt: Alles okay bei uns.

Da stehen sie,
unterstützen mich,
obwohl ich nicht darum gebeten habe.

Ich aale mich in der schwerelosen
Glückseligkeit,
die durch meinen Brustkorb strömt,
aber da ist noch etwas anderes,
das sich einschleicht.
Enge,
Ersticken,
gefangen unter dem Eis.

Jack.
Etwa drei Meter entfernt
vom Ausgang.

Ich sauge
die Länge
meines Atemzugs ein,
denke an die erste Nachricht,
die mir Jack schickte.
Mein erster Hinweis
auf die erste Lüge,
aus der mein Leben folgte.

Aber dann sehe ich meine Eltern,
ich atme aus.
Ich stelle mir vor, wie ich die Botschaft
in der Hand zerknülle
und in den Müll werfe.

Denn was ich jetzt fühle,
ist nicht die Last der Traurigkeit
oder Angst, dass ich nicht
ins Bild passe.

Es ist ein so
sprödes Glück,
dass es zu Erleichterung zerbricht:
Ich habe einen Platz
im Bild meiner Familie.
Für immer.

Ich sehe meine Mutter an,
während ich mich bemühe zu vergessen,
dass Jack dicht vor der Ausgangstür wartet.
Versuche ihr mit den Augen zu sagen:

Was ich gleich lesen werden,
sollte sie niemals hören.

Und als hörte sie alles,
als kenne ihr Herz das meine,
nickt sie mir zu.

Diese eine Lüge
von Cordelia Koenig

Sie sagen,
du bist ein Kind der Natur.
Aber was, wenn meine Wurzeln
sich um Lügen schlangen?
Was, wenn sie sich
um ein Versprechen winden,
das zwei Menschen sich gaben
und niemals einlösten?

Was, wenn Natur nur bedeutet,
seine Probleme dem anzulasten,
was hätte sein sollen?
Als müsste mein Laub immergrün sein,
weil das Laub meines Vaters
doch immergrün ist.
Warum hat mein Laub denn
mandarinenfarbene Flecken?

Jetzt fallen meine Blätter,
liegen über den Boden gestreut
wie Konfetti zum Fest des Sommerendes.
Doch das Laub meines Vaters
bleibt grün!

Und wenn der Winterfrost einsetzt –
meine Zweige so bitterkalt
und schneebedeckt, frage ich mich:
Werden aus mir jemals wieder Blätter sprießen

oder sind sie vergangen,
weil ich selbst vergangen bin?

Aber da …
etwas Magisches geschieht.
Als ich den Winterfrost abschüttle
und sehe, dass das Herbstlaub
mein Wachstum förderte,
entdecke ich jenseits meiner Blätter
meine nährenden Wurzeln.

Und Wurzeln,
gleichgültig, was die Zweige zierte,
erstrecken sich tief in die Erde –
verschlungen mit denen anderer Bäume,
die vielleicht anders aussehen,
aber auf dieselbe Art wachsen.

Wende dich dem zu, was immer war.
Verkriech dich im Schatten jener Bäume,
die dich schützen.
Lass dich fallen,
über dir das schützende Dach,
von dem du weißt: Es ist wahr.

Spüre, dass du geliebt wirst
und erwidere ihre Liebe.

Nach dem Auftritt
als meine Hände nicht mehr zittern
und ich das Trommeln meines Herzens
nicht mehr in den Ohren spüre –
geleitet man mich von der Bühne
zu meiner Familie.

Ich schlängle mich durch eine Menschenmasse
und erreiche jene, die zu mir gehören,
nicht jenen, der nie zu mir gehört hat.

Iris ist zuerst bei mir,
drückt mich fest an sich,
ruft: »Ich will auch mal
eine Dichterin werden!«

Bea steht neben meinen Eltern
und winkt mir zu,
die Bewegung gleichzeitig
vertraut und distanziert.
Aber in ihren Augen stehen Tränen,
die sagen:
Sie ist ein bisschen stolz.

Mom sieht furchtbar aus,
ihr Gesicht
verquollen
und ihre
Lippen
entblößen
ihre Zähne.

Ich weiß nicht,
ob sie schluchzt
oder lächelt.

Dad zieht mich an sich,
drückt mich
und ich nehme das Versprechen an,
das es beinahe nicht gegeben hätte.
Der Duft seines Unterrichts-Hemds
nach Papier
und Büchern
und Geschichte.
Sein Lachen,
wenn er über meine Haare streicht,
sich an mein Ohr bückt
und flüstert:
»Ein Hit.
Ein eindeutiger Hit.«

Über seine Schulter
sehe ich Jack,
er fährt sich mit der Hand durch die Haare,
lächelt durch die Augen eines Fremden,
als gefiele ihm, was er sieht.

Ich.
Glücklich.
Mit meiner Familie.

»Warum seid ihr hier?«,
frage ich.
»Ich habe doch gesagt,
ich trete nicht auf.«

»Wir dachten«, –
Mom lächelt,
bedächtig, vorsichtig –,
»du hättest uns vielleicht gern dabei.«
Und Dad fügt hinzu:
»Wir dachten, du könntest uns
vielleicht brauchen.«

Als nur noch ich
und Dad da sind,
weil alle anderen
zu den Getränken
und den Snacks strömen,
wende ich den Kopf,
suche unter all den Angehörigen
die Augen jenes Mannes,
der gebrochener ist
als ich.

»Schatz,
wen suchst du?«,
fragt Dad.

Ich lüge:
»Kodiak«,
und deute in die Richtung,
in der er sitzt,
mit seinen Freunden lacht,
als wären seine Flügel
jetzt frei
und er könne
wieder fliegen.

Dad senkt das Kinn,
ganz Mitgefühl und Liebe,
aber er schüttelt den Kopf,
sanft, wissend.

»Bleibst du bei dieser Antwort,
meine liebe, liebe Cordelia?
Ich denke eher,
du hältst Ausschau nach Jack.«

Irgendetwas in mir
zerbricht,
während seine jadegrüne Augen
in meine dringen.
Als hätten wir schon längst
dieses Geheimnis geteilt.
»Ich habe gesehen, dass er ging.
Schon vor ein paar Minuten.«

Ich schlinge meine Arme um seinen Hals,
so wie in der Nacht, in der er mich
von Fletchers Party abholte.
Und als ich
endlich
den Mut aufbringe,
frage ich meinen Vater,
woher er weiß,
dass ich nach dem Mann Ausschau hielt,
von dem er doch nicht wissen soll.

»Ich bin dein Dad«,
er spricht mit zitternder Stimme.
»Ich war dabei, als du zur Welt kamst,
mit rotem Kopf, schreiend.
Ich hielt deine Hand,
bei deinen ersten taumelnden Schritten,
so bist du auch weiter durchs Leben getaumelt:
kopfüber.

Ich war derjenige, der dich
in den Kindergarten brachte
und dem du sagtest,
du könntest nicht wieder hingehen,
weil man dir dort nichts beibrachte
außer Buchstaben –
und die kanntest du schon.
Ich bin derjenige,
der immer da war, Delia.
Ich habe gesehen,
wie schlecht es dir in den letzten Wochen ging,

als du versucht hast,
dich selbst zu finden,
in Etwas, das nicht da war.
Natürlich wusste ich Bescheid.«

»Aber Mom hat gesagt …«

»Darüber reden wir ein andermal.
Deine Mutter und ich
mussten viele schwierige Gespräche führen,
seit du diesen Test gemacht hast.
Gespräche, die längst anstanden.
Aber eines will ich dir sagen:
Ich wusste es schon vor deiner Geburt
und es hat für mich nichts geändert.
»›Ich liebe dich mehr als Augenlicht,
Raum und Freiheit,
mehr als alles,
was teuer und geschätzt werden mag‹.
Ich bin stolz, dich meine Tochter nennen zu dürfen.
Ich bin stolz, dein Vater zu sein.
Niemand
kann das ändern.«

Mom kommt
ohne meine Schwestern zurück.
Sie legt ihren Arm um mich.
Sie flüstert Worte, die sich anfühlen
wie ein Sonnenuntergang in Alaska
um zwei Uhr morgens,
den Seewind im Gesicht.
Sie fühlen sich an
wie Heimat.

»Es tut mir leid.«

Und mein Herz ist so voll
und mein Geist ist so frei,
ich glaube, nie wieder werde ich mich
so vollständig fühlen.

Über den Lautsprecher
verkündet eine knacksende Stimme,
man sei bereit, das Wochenende
damit abzuschließen,
die Gewinner des Wettbewerbs
zu feiern.

Um mich herum
versammeln sich
meine Freunde,
Lehrer und
Angehörigen.
Mom drückt meine Hand
und zwei Reihen weiter
sehe ich Kodiak,
der den Daumen in meine Richtung hebt
und tonlos
»Viel Glück« murmelt.
Mom flüstert etwas, von wegen, sie sei sicher,
ich gewinne,
ganz bestimmt.

Aber mir ist es egal, ob mein Name
aufgerufen wird
oder nicht.
Denn ich sehe meinen Dad an,
meinen echten Dad
und erkenne,
ich habe bereits
gewonnen.

»Und der diesjährige Gewinner
des Nachwuchs-Preises
im Wettbewerb der Pacific-Northwest-Nachwuchsdichter
hatte einen weiten Weg:
von Tundra Cove, Alaska.«

Dad greift nach meiner Hand,
drückt sie fest,
als zwinge sie das dazu,
meinen Namen zu nennen.

»Kodiak Jones
für sein Gedicht
›RABE‹!«

Ms Nadeer springt als Erste auf,
sie steht an ihrem Platz,
jubelt,
als hätten ihre eigenen Worte
gewonnen.

Auch ich springe auf,
und als Kodiak die Bühne erreicht,
Kopf in den Händen,
unfähig zu reden,
springen alle Schüler aus Tundra Cove
zu ihm hoch.
Hüllen ihn ein
in all die Liebe,
die sie empfinden
für einen Jungen,

dessen Probleme
sich heute ein bisschen leichter anfühlen.

Mom sieht mich an,
wischt sich Freudentränen aus den Augen
und lächelt.
»Geh schon.«

Ich bin die Letzte
auf der Bühne,
und als ich ihn endlich erreiche,
zieht Kodiak mich nahe an sich heran.

Seine dunklen Augen drohen nicht mehr,
mich ganz zu verschlingen,
so wie früher.
Er ist dieser Tage
nicht so unberührbar.
Der Junge, dessen Herz
ich bereits zu kennen glaubte,
und dessen Herz
ich neu erkunden möchte.

Manchmal kann man alles, was man sagen möchte,
mit einem einzigen Blick ausdrücken.
So etwas wie:

Es tut mir leid, dass ich nicht für dich da war, als du mich brauchtest.
Es tut mir leid, dass ich den ganzen Raum
für meinen eigenen Schmerz beansprucht habe,
obwohl auch du Schmerz empfunden hast.
Es tut mir leid, dass es nicht mehr so sein kann wie früher,
aber vielleicht
ist das ja auch
okay.

Ich spüre seinen Kuss schon vorab,
so wie ich spüre, dass das Meer
meine Zehen kitzelt,
wenn gleich darauf eine Welle kommt.

Wir küssen uns
und es ist,
als wären wir
ganz allein.

Trotz des Gejubels,
des Chaos um uns herum,
meiner Eltern im Publikum,
alle so dicht bei uns –
es gibt nur uns,
wir aalen uns in der Wärme
unserer eigenen Geschichte,

schreiben unser eigenes Lied,
spielen unsere eigene Musik,
entwerfen unsere eigene Wahrheit.

| *Jack Bisset*

JACK: Es tut mir leid, dass ich nicht geblieben bin. Aber als deine Eltern auftauchten, habe ich gedacht, ich sollte mich besser verziehen. Ich habe dein Gedicht gehört. Es war wunderschön und du bist wirklich begabt. Ich wünschte, ich könnte behaupten, dass du das von mir hast. Als ich gesehen habe, wie glücklich du mit deinem Dad und auch mit deiner Mom aussahst, habe ich plötzlich gedacht, dass es vielleicht einen Grund dafür gibt, warum alles so gekommen ist.

ICH: Danke. Das ich glaube auch.

JACK: Vielleicht können wir irgendwann später mal wieder miteinander reden?
Ich verspreche, ich werde nächstes Mal ehrlich sein.

ICH: Ich glaube, das fände ich gut.

EINEN MONAT SPÄTER

| *Sana-Freundin<3*

ICH: Hast du deinen Facebook-Beziehungs-Status auf »Es ist kompliziert« geändert?

SANA: Viiiiiiielleicht.
Hey.
Wo steckst du?
Emma und ich haben an deinem Schließfach gewartet.
Eine Eeeeeeewigkeit.

ICH: Ich stehe vor Ms Nadeers Büro.
Heute gebe ich endlich meine Abschlussarbeit ab.
Grüß Emma von mir.

SANA: Endlich.
Wenn du nicht die ganze Zeit mit Kodiak herumknutschen würdest,
also echt DIE GANZE ZEIT,
wärst du vielleicht längst fertig.

ICH: Hast du denn deine Arbeit schon abgegeben?
Vielleicht wenn du nicht die ganze Zeit mit Emma herumknutschen würdest,
also echt DIE GANZE ZEIT,
hättest du DEINE schon längst fertig.

SANA: Trugschluss.

ICH: Ach, da feilt jemand fürs College an seinem
Wortschatz.

SANA: Nein, ich bin noch nicht fertig.
Ich bin mit meiner Karriere als YouTube-Star ausgelastet.
Habe ich dir schon erzählt, dass der Scout der Universität
Denver mein Video gesehen hat und mit mir sprechen will?

ICH: Nur dreimal.
Heute.
Gestern ungefähr zehnmal.

SANA: Sieht ganz so aus, als würde ich doch noch nach
Denver gehen.
Und ganz ohne deine Hilfe, möchte ich hinzufügen.

ICH: Okay. Ms Nadeers letzter Schüler geht gerade.
Muss los!

»Bitte, Cordelia, setz dich!«
Ms Nadeer deutet auf den Stuhl.
Ich halte meine Arbeit,
getippt, zusammengetackert,
in einem braunen Umschlag,
in ihre Richtung.

Die Gedichte, an denen ich den ganzen Frühling über
gearbeitet habe.
So persönlich, so intim,
ich hätte nie gedacht,
dass ich sie je für dieses Projekt
benutzen würde.

»Du hast dir mehr Mühe gegeben,
als die meisten deiner Mitschüler,
um in diesem Jahr zu dir selbst zu finden.
Das ist bewundernswert.«
Ihre Stimme schwebt über mir,
als befände sie sich hoch in den Wolken
und sähe mich an.
»Was hast du dabei gelernt?«

Ich lächle.
Darüber habe ich viel nachgedacht.
Darüber, dass ich mir dieses Jahr die Frage gestellt hatte,
inwieweit ich von meiner Herkunft geprägt bin.

Ich glaube, die Herkunft prägt nur denjenigen,
der das möchte.

Dass man sein ganzes Leben leben kann
und gar nicht wissen, wozu man bestimmt war,
und gar nicht wissen, was hätte sein können,
und trotzdem noch
man selbst sein.

Dass die Familie
der Faktor ist, der einen prägt.
Die Zuwendung von Menschen, die einem nahestehen,
die Erfahrungen, die man mit ihnen teilt.
Das macht ein Menschenleben aus.

Gelernt habe ich
durch dieses Projekt,
dass der Mann, von dem meine DNA stammt,
nicht derjenige ist, der mich zu dem gemacht hat,
was ich bin.
Nein, das tat der Mann, der mich aufzog,
der über meine ersten Schritte wachte,
mir Mut zusprach – ein Schritt nach dem anderen! –,
selbst als diese Schritte mich
von ihm fortführten.

Ich zucke mit den Schultern,
ein Schulterzucken, das beinahe schmerzt,
die letzten Monate reduziert
auf eine einfache Fragestellung.

»Nichts, was ich nicht tief in mir drin
bereits wusste.«

DANKSAGUNGEN

Zunächst und in allererster Linie danke ich dir, lieber Leser. Dass du dich entschieden hast, meine Worte zu lesen, bedeutet mir alles.

An Talon, meinen Tlingit-Liebesvogel, ohne deine Hilfe und Hingabe wäre ich nicht in der Lage gewesen, dieses oder überhaupt irgendein Buch zu schreiben. Danke für die Gespräche tief in der Nacht, in denen wir unsere Weltanschauungen miteinander geteilt haben. Ich liebe dich. An meine Töchter, dafür, dass sie mich inspirieren. Ich hoffe, eines Tages werdet auch ihr euren Träumen folgen. Ihr seid meine Welt.

An meine Schwestern (in jeglicher Form) dafür, dass sie sich als Erstleserinnen zur Verfügung gestellt haben. Beth, Crystal, Danae, Caprice: Mit euch als meine Cheerleader habe ich gewagt, über den ersten sehr groben Entwurf des allerersten Buchs hinauszugehen. An meine Eltern (Dad, Mom, etc.) dafür, dass sie mir alle möglichen verrückten Dinge mitgegeben haben, über die ich schreiben kann ;) und an meine Schwiegereltern (Dawn und Max) dafür, dass sie sich bei Besprechungen und Schreibklausuren als Babysitter angeboten haben. Dasselbe gilt für Diane Walter, Kali und Rajessica für ihre ausdauernde und unerschütterliche Unterstützung inmitten eures eigenen chaotischen Lebens. Und an Amy Wamy, meine eigene Sana – danke dafür, dass du das ganze Manuskript laut mit mir gelesen und nach jedem Abschnitt »das ist so gut!« geflüstert hast.

Meiner Familie bei der Agentur Bent: Louise Fury, Super-Agentin, danke dafür, dass du in dieser Geschichte und in mir etwas gesehen hast. Molly Ker Hawn dafür, dass sie mein Manuskript an Louise weitergereicht hat. Amelia Hodgson, danke für alles, was du tust. Jenny, Victoria und das restliche Team der Agentur Bent – eure Unterstützung in diesem ganzen Abenteuer hat mir unendlich viel bedeutet. Und ein besonderes Dankeschön geht an Kristin Smith dafür, dass sie an dieses Buch geglaubt hat.

An die ganze Belegschaft von HarperTeen: Rosemary Brosnan und Jessica MacLeish dafür, dass sie so fest an dieses Buch geglaubt haben, dass sie es einkauften. Jessica, ich werde nie vergessen, wie du über Cordelia geredet hast, als sei sie ein lebendiger Mensch. Alyssa Miele, danke dafür, dass du mir dabei geholfen hast, Cordelia und meinen anderen Figuren noch mehr Leben einzuhauchen. Und dafür, dass ihr mir in die Tiefen meines Enneagramms gefolgt seid. Jon Howard und Robin Roy, danke, dass ihr darauf geachtet habt, jeden Fehler aus »Diese eine Lüge« zu tilgen. Dem Gestalter-Team: Erin Fitzsimmons, Amy Ryan und Lisa Vega – ihr habt meinen Wörtern Flügel verliehen. Und Emma Leonard für ihre faszinierende Titelgestaltung – das Erste, was meine Leser von der Geschichte zu Gesicht bekommen. Und herzlichen Dank an das Marketing-Team.

An meine Autorenkollegen in Alaska: Die Alaska Writers Guild – ihr seid mein Zuhause. Stefanie Tatalias und das restliche Team von SCBWI Alaska für die Unterstützung. Allen bei The Writers Block für den köstlichen Kaffee und das leckere Essen, das mir beim Konzept schreiben geholfen hat. Brooke Hartmann dafür, dass sie die erste Seite des Rohentwurfs zerrissen hat. 1.) Du hattest recht und 2.) das werde ich nie wieder sagen. Marc Cameron (oder war es Tom Clancy? Ich verwechsle das immer) für diesen unvergesslichen Zuspruch bei der Konferenz. Sarah Squared:

Ich liebe unseren Sonntagstreff. Ihr beide haltet bei mir die Freude am Schreiben lebendig.

Clelia Gore und Jessica Faust: dafür, dass ihr am ersten Abend bei mir wart und mit mir über einem Glas bestem Champagner von Spenard Roadhouse geweint habt. Jessica Grace Kelly (die, das möchte ich hier betonen, Kodiak Jones' erster Fan war) dafür, dass du mir so viel von dir erzählt hast, dass ich diese Geschichte überhaupt schreiben konnte. Scott und Jeremy (und Harvey und Archie) dafür, dass ihr mir einen Platz zum Schreiben zur Verfügung gestellt und für mich vor Ort in Seattle recherchiert habt.

Und meinen engsten Schreibpartner, ohne deren durchgängiges Händchenhalten ich nicht fähig gewesen wäre, auch nur eine Seite dieses Buchs zu schreiben: Deborah Maroulis dafür, dass sie die letzte Person zwischen mir und meiner ersten Bewerbung war, die 1 zu meiner 7. Danke dafür, dass du mich dazu gedrängt hast, den Sprung zu wagen. Vanessa Torres, dafür, dass du mir nie hast etwas durchgehen lassen und jeden Haken im Plot genau verfolgt hast – und für deine Schreibklausur-Elmo-Imitation. Lindsay Pierce, meine allerbeste Freundin und manchmal auch Therapeutin. Danke dafür, dass ich vor all den Jahren bei der PNWA-Konferenz neben dir sitzen durfte. Wer hätte gedacht, dass es so weit kommen würde? Danke dafür, dass du Teil dieser Reise warst und mir immer gesagt hast, wie stolz du auf mich bist.

Meiner Autorengemeinschaft, alle meine Kollegen und Kolleginnen der »20er Buch-Debuts«: Ich liebe euch alle.

Medema, Dante:
Diese eine Lüge
ISBN 978 3 522 20271 8
Aus dem Amerikanischen von Bettina Obrecht

Einbandgestaltung: Formlabor unter Verwendung von
Shutterstock-Motiven
Innentypografie: Kadja Gericke
Reproduktion: DIGIZWO GbR, Stuttgart
Druck und Bindung: GGP Media GmbH, Pößneck

FSC
www.fsc.org
MIX
Papier aus verantwortungsvollen Quellen
FSC® C014496

Eine Achterbahnfahrt der Gefühle

Svenja K. Buchner
Bis die Zeit verschwimmt

220 Seiten · Gebunden
ISBN 978-3-522-20269-5

Zeit. Für Helene bleibt sie stehen, als ihre beste Freundin Cassie stirbt. Weiterleben kann sie nur, indem sie Antworten sucht – beim Amokläufer, bei seinen Opfern, bei den Hinterbliebenen. Helene verliert sich in Wut, Trauer und Schuld. Nur manchmal, zusammen mit Erik, kommt das längst vergessene Gefühl der Leichtigkeit zurück. Aber darauf kann Helene sich nicht einlassen, ohne Cassie zu verraten …

THIENEMANN
Wir schreiben Geschichten!

www.thienemann.de